영미 드라마 속
'보통' 여자들
도전과 타협의 이중주

영미 드라마 속
'보통' 여자들
도전과 타협의 이중주

이희원 지음

도서출판 동인

나의 학문적 기둥이셨던,

고 제임스 하너(James Harner, 1946-2016) 교수님께

이 책을 바칩니다.

이 책의 각 장은 *Shakespeare Review*, 『고전 르네상스 영문학』, 『영미문학 페미니즘』과 『디오니소스』에 수록되었던 각 논문을 축약하여 다시 쓴 것이다. 이 책에 필자의 논문들을 축약하여 다시 써 수록하도록 허락해 준 *Shakespeare Review*, 『고전 르네상스 영문학』(현 『고전 중세 르네상스 영문학』), 『영미문학 페미니즘』과 도서출판 동인(『디오니소스』 발간 출판사)에 깊이 감사드린다. 이 책 각 장의 구체적 출처는 다음과 같다.

1장 중하층 여성들의 사랑과 결혼: 영화 〈사브리나〉와 셰익스피어의 『끝이 좋으면 다 좋다』

「셰익스피어의 『끝이 좋으면 다 좋다』와 영화 〈사브리나〉를 통해 본 낭만적 사랑, 계급, 결혼의 변증법 —셰익스피어의 희극, 할리우드 로맨스, 유물론적 페미니즘의 통합적 이해를 위하여—」. *Shakespeare Review* 37 (2001): 363-400.

2장 최하층 여성들의 생존과 저항: 데커, 포드, 로울리의 『에드먼튼의 마녀』

「에드먼튼의 마녀에 나타난 17세기 초 영국 마을 하층 여성들의 연극적 경계 넘기」. 『고전 르네상스 영문학』 26.1 (2017): 131-167.

3장 여성 마법사 혹은 여성 예술가의 복원을 위하여: 아서 밀러의 『시련』

「페미니스트 시각에서 다시 읽어 보는 아더 밀러의 『시련』 —진리/고백의 정치학」. 『영미문학 페미니즘』 4.1 (1997): 257-278.

4장 도발적 부르주아 여성의 모험과 한계: 팀버레이크 워텐베이커의 『메리 트라버스의 우아함』

「여성이 권력을 가지게 되면? 또는 여성의 모험과 그 한계: 팀버레이크 워텐베이커의 『메리 트라버스의 우아함』 소고」. 『디오니소스』 창간호. 도서출판 동인, 1997. 64-87.

5장 시각장애 여성의 내면 여행과 은밀한 저항: 브라이언 프리엘의 『몰리 스위니』

「정신병동의 여성 예술가: 레비나스의 시각에서 본 브라이언 프리엘의 『몰리 스위니』」. 『영미문학 페미니즘』 16.1 (2008): 117-143.

6장 흑인 가정주부의 주체적 삶과 경제: 로런 한스베리의 『태양 속의 건포도』

「(흑인) 미국연극에서 미국여성문학으로: 로런 한스베리의 『태양 속의 건포도』 정전화 과정과 숨은 그림 찾기」. 『영미문학 페미니즘』 22.2 (2014): 205-241.

감사의 말

먼저 이 책의 서두에 축하 또는 환영 글로 이 책에 의미를 부여하고 각 장의 시사점을 명쾌하게 짚어주신 연점숙 교수님과 김소임 교수님께 깊은 감사의 마음을 전합니다. 또한 이 책의 발간을 결정하는데 힘이 되어주신 권오숙 교수님, 이 책의 출판을 흔쾌히 받아주신 도서출판 동인 이성모 사장님, 그리고 편집을 맡아주신 박하얀 선생님께도 고개 숙여 감사드립니다. 돌이켜보니, 나의 30여 년의 학술활동과 지속적 글쓰기를 가능하게 했던 것은 서울과학기술대학교, 한국셰익스피어학회, 한국고전중세르네상스영문학회, 한국영미문학페미니즘학회, 한국현대영미드라마학회의 든든한 뒷받침이었습니다. 서울과학기술대학교와 4개의 학회에 진심으로 감사드립니다. 끝으로, 뒤늦었지만 이 책을 통해 필자를 셰익스피어와 드라마 연구로 이끌어주셨던 최영 교수님, 작고하신 Ray Heffner 교수님(1925-2012)과 James L. Harner(1946-2016) 교수님께 입은 큰 은혜에 작지만 소중한 감사의 마음을 전합니다.

차례

contents

『영미 드라마 속 '보통' 여자들: 도전과 타협의 이중주』 발간을 축하하며

연점숙
경희대 명예교수, 전 한국영미문학페미니즘학회 회장

2016년 강남역 살인사건 관련 여성시위와 2018년 미투 운동 이래 "페미"(니즘)이라는 언술이 2022년 초봄, 현재처럼 한국의 사회, 정치적 맥락에서 예민한 이슈가 된 적이 또 있었던가 싶다. 발화의 주체가 어느 정당, 어떤 세대이냐에 따라 그 함의는 여러 '결'과 '색깔'을 띤다. 그러나 분명한 하나의 사실은 제 20대 대통령 선거운동 과정의 여파로 더 극심해진 '이대녀'와 '이대남'의 '남혐', '여혐' 등의 젠더 갈등 현상은 진정한 페미니즘이 지향하는 것이 아니라는 것이다. 페미니즘은 남성을 배제하는 것이 아니라 그들을 포함할 수밖에 없는 (정치, 사회, 경제, 문화면에서) 양성평등적 세상을 지향하는 것이기 때문이다.

피해의식에 젖은 이대남 남성을 향한 다음과 같은 아웃사이더의

11

견해는 한번 쯤 경청할 봄 직하다. '한국의 젊은 남성들이 더 광범위한 경제 불평등 문제를 여성 탓으로 돌리는 것 아닌지 생각해 봐야 한다. 여성과 무관한 불평등마저도.' 미국의 페미니스트 작가 리베카 솔닛(Rebecca Solnit, 1961-)이 최근의 한 인터뷰에서 우리 사회의 젠더 갈등 현상을 두고 한 지적이다. 여성의 몫이 늘어나면 남성의 몫이 줄어 들어가는 것이 아니라는 것이다. 정의, 희망 같은 가치는 '제로섬' 게임이 아니어서 다른 사람이 더 많은 자유를 가지게 되면 내가 누리는 자유도 늘어난다는 것이다. 그러나 그녀의 이런 고매한 견해는 현실세계에서 (섬세한 부분까지의) 양성평등이 쉽게 주어지는 것이 아니라 무수히 도전하고 타협하며 쟁취해야만 하는 여성에게는 너무 이상적이며 지난한 명제라는 것이다.

이러한 지난한 명제들을 문학 속 여성인물들은 어떻게 도전하고 타협하여 나름대로 자유의 지평을 넓혀가는지를 통해 살펴보는 것은 페미니즘적 인식의 확장에 도움이 될 수 있을 것이다. 이희원 교수의 『영미 드라마 속 '보통' 여자들: 도전과 타협의 이중주』는 특별한 신분의 여성이 아니라 보통여성/ 주변인/비주류 여성들이 각 가부장 사회에서 자신의 중심을 잃지 않고 자유를 향해 도전하고 타협하는 과정을 분석, 재해석하는 역저이다.

이 책은 총 7작품(셰익스피어의 희극 『끝이 좋으면 다 좋다』와 할리우드 로맨틱 코미디 〈사브리나〉(1995), 데커, 포드, 로울리의 『에드먼튼의 마녀』, 아서 밀러의 『시련』, 팀버레이크 워텐베이커의 『메리 트라버스의 우아함』, 브라이언 프리엘의 『몰리 스위니』, 로런 한스베리의 『태양 속의 건포도』)을 망라하여 8명의 '비주류 보통' 여성들의 생존, 저항, 모험, 도전, 타협의 양상들을 신선한 시선으로 세밀하게 읽어내고 있다. 각각 다른 시대와 문화권 속에서 여성에게 주어진 제한된 조건 안에서 자신의 삶을 연출하는 주체인 영미 드라마 속 '보통여성/비주류 여성'들의 삶을 읽어보는 작업은 21세기 초반 젠더 갈등을 살아가는 한국 여성/남성들에게도 시사점이 있을 것이다.

　페미니즘과 문학 특히 드라마를 공부하는 학생뿐만 아니라 일반인들에게도 인식의 확장과 통찰을 선사할 이희원 교수의 훌륭한 저서, 『영미 드라마 속 '보통' 여자들: 도전과 타협의 이중주』의 출판을 다시한 번 축하합니다.

『영미 드라마 속 '보통' 여자들: 도전과 타협의 이중주』 발간을 환영하며

김소임
건국대학교 영어문화학과 교수, 전 한국현대영미드라마학회 회장

여성에 대한 글이 넘쳐나는 요즘이지만 이희원 교수의 신작『영미 드라마 속 '보통' 여자들: 도전과 타협의 이중주』처럼 폭이 넓으면서도 진지하게 여성의 문제에 접근하는 책을 만나기는 쉽지 않다. 이 책은 현실 속 여성이 아닌 연극과 영화 속에서 '재현'된 여성을 다루고 있다. 하지만 재현을 직시하는 이 책은 서구 근현대 여성사에 튼실한 해설서 역할을 할 수 있을 것으로 판단한다. 예술가의 상상으로 재창조된 재현이 역사가의 시각이 놓칠 수 있는 현실의 문제점과 모순을 적나라하게 보여주고 있기 때문이다.

이 책은 다루고 있는 시대뿐 아니라 작품의 범위도 매우 넓다. 사실 셰익스피어와 현대 문학에 대한 학술서적을 집필할 수 있는 역량

을 갖춘 학자는 매우 드물다. 그런 점에서 이희원 교수의 이 저서는 본인의 관심의 폭과 역량을 확실하게 보여준다. 셰익스피어의 『끝이 좋으면 다 좋다』와 영화 〈사브리나〉를 비교한 것은 이 책이 서구의 고전에만 관심을 두는 것이 아니라 현대에서도 반복되고 있는 가부장제 속 여성의 사랑과 결혼 문제를 비판적으로 바라보고 있음을 시사한다. 21세기에도 여전히 시월드라는 이름으로 존재하는 가부장제 앞에서 고민하는 독자들이 셰익스피어 작품을 통해 지혜를 얻을 수 있기를 바란다.

『에드먼튼의 마녀』와 『시련』에 대한 연구는 이희원 교수가 오랜 기간 관심을 갖고 연구해온 마녀 연구의 일환이다. 서구사회에서만 수만 명의 마녀가 처형되었다. 하지만 왜 그들이 마녀가 되었는지, 또는 왜 마녀로 몰리게 되었는지에 대해서는 여전히 불확실한 점이 많다. 가부장적 기독교 사회에서 공공의 적이라고 할 수 있는 마녀에 대한 관심은 우리 사회에서 벌어지고 있는 마녀사냥과도 연계될 수 있다. 마녀를 재해석한 글을 통해서 독자는 우리 사회에 대한 통찰력도 얻을 수 있을 것으로 본다.

『몰리 스위니』와 『태양 속의 건포도』는 장애자와 흑인 여성이라는 주변부 인물을 다루고 있는 명작이다. 이 책은 장애를 통해 새로운 자아를 찾아가는 몰리와 미국의 백인중심지역에서 살아남는 루스를 통해서 여성 중에서도 차별의 대상이 되어온 소수자 문제에 대해 성찰의 기회를 제공한다. 또한 더불어 살아가야 하는 이 시대의 독자들에게 자신과 주변을 돌아볼 기회까지도 제공할 것이다.

영국에서 활발하게 활동하고 있는 팀버레이크 워텐베이커의 『메

리 트라버스의 우아함』은 가부장제에서 살아남기 위해서 가부장제의
가치를 내재화하는 여성의 모습을 보여준다. 이 문제적 여성에 대한
통찰력 있는 분석을 통해서 많은 경우 '여성의 적은 여성'인 한국 사회
에 대한 다시 보기도 가능할 것이다.

    이 책은 장기간 연구의 결실이다. 역사와 문화 속 여성문제에 천
착하는 연구자에게는 소중한 참고문헌이 될 것이며 일반 독자에게도
'도전과 타협'을 통해 살아남은 여성들의 모습을 통해 삶에 대한 통찰
을 제공할 것이라 믿으면서 환영의 글을 마친다.

책을 펴내며

2016년 강남역 여성 살인 사건과 2018년 미투 운동 이후 한국 사회에 공존하게 된 페미니즘 리부트(reboot)와 페미니즘 백래시(backlash)[1] 현상에 힘입어 최근 젠더와 여성에 대한 관심이 고조되고 있다. 특히 학계는 물론 미디어, 출판, 문화 각 측면에서 파격적인 여자, 도전적인 여자, 나쁜 여자, 유명한 여자, 마녀와 같은 극단적인 여성들에 대한

---

[1] '페미니즘 리부트'는 손희정이 『페미니즘 리부트』에서 2015년을 전후로 한 페미니즘 붐을 설명하기 위해 고안해낸 개념이다. 저자는 이 개념을 통해 여성 혐오와 낡은 습관을 깨부수고자 한다. 2016년 강남역 살인사건이 촉발한 여성 시위, 2018년 미투 운동 이후 이전에는 침묵했던 성폭력 사건들의 공론화, 여성혐오에 대한 문제 제기 등 페미니즘의 이름을 건 활동들을 페미니즘 리부트 현상으로 볼 수 있다. '페미니즘 백래시'는 미국 저널리스트 수전 팔루디(Susan Faludi)가 1991년에 쓴 책 『백래시』(*Backlash*)에서 나온 말로 페미니즘에 대한 남성 사회의 반격을 지칭한다. 이 책은 한국에서는 2017년 번역되어 큰 호응을 얻었다. 최근 우리나라에서 벌어지고 있는 '백래시'로 (주로 20, 30대 남성들을 중심으로 한) 페미니즘에 대한 드센 반발과 공격, 여성 혐오와 젠더 갈등 등을 들 수 있다. 한기봉 「페미니즘과 백래시(Backlash)」
https://www.korea.kr/news/cultureColumnView.do?newsId=148852271 참조.

관심이 뜨겁게 달아오르고 있다. 그러나 도전적이지도 순종적이지도 않은, 나쁘지도 착하지도 않은, 눈에 뜨이지 않는 여성들, 즉 가부장 사회에서 때로는 저항하며 때로는 타협하며 살아가는 비주류의 보통 여자들에 관한 관심은 거의 발견되지 않는다. 이 책은 이러한 공백을 메우고자 기획되었다.

이 책이 특별히 주목하는 비주류의 보통 여자들은 셰익스피어 시대 이후 현대에 이르기까지 영미권 희곡(드라마)에 구현된 인물들 중 사회의 중간 혹은 주변부에 위치한 여성 인물들이다. 구체적으로 이 책은 17세기 이후 현대까지 영국, 아일랜드, 미국 각 시대의 가부장적 제약을 뚫고 스스로 자신의 입지를 찾아 나선 중간 혹은 주변부의 다양한 여성 인물들 ― 결혼을 통해 신분 상승을 꾀하거나 생존의 길을 찾는 중하층 여성들(고용 운전수나 의사의 딸, 하녀), 마녀로 지목당하지만 저항하는 여성, 도발적인 부르주아 여성, 내면에서 자신을 찾는 장애 여성, 현실을 직시하는 흑인 가정주부 ― 에 관심을 갖고, 이들이 각각 침범과 타협, 도전과 공존 사이를 왕래하는 제 양상들을 살펴본다.

어느 면에서 이러한 여성 인물들은 세상을 꿰뚫는 통찰력이나 사회개혁의 목소리를 낼 큰 힘을 지니지 않은 지극히 평범하고 때로는 눈에 잘 띄지도 않는 인물들이다. 그러나 이들이 평범하고 눈에 띄지 않는다고 해서 결코 무력한 것은 아니다. 이 여성 인물들은 일정 정도의 힘과 지혜를 지니며 때로는 자신의 뜻을 이루고 때로는 사회에 굴복한다. 이들은 사회의 위계질서에서 중간이나 그 아래를 차지하는 점에서 뿐만 아니라, 이런 의미(자신의 뜻을 펼치면서 동시에 사회에 굴복한다는 면)에서도 중간 혹은 사이에 위치한다. 그런데 가부장제는 일정 정도의 주체적 힘을 가지고 자신의 뜻을 펼친 이와 같은 여성들을 종종 '특별한' 여성들로 호명해 왔다. 그들이 '특별'했기 때문이 아니라 가부장적 사회가 요청하는 여성상을 일정 정도 거부했기 때문일 것이다. 그러나 이 책은 이러한 여성들을 '보통 여자들'로 파악한다. 필자의 관점에서 볼 때 중간이나 주변부에 위치하는 이 여성 인물들은 각각의 방식으로 가부장 사회의 큰 물결을 거스르지 않고서도 자신만의 길을 걸어가는 '보통 여자들'이다. 이 보통 여성 인물들이 보여주는 행보들은 일면 현실 순응적 혹은 타협적으로 보일 수 있다. 그러나 이들은 '각기 다른' 가부장 사회를 살아가는 비주류 여성으로서 겹겹의 억압 속에서도 중심을 잃지 않고 현실을 타개할 방법을 스스로 모색하며, 자유를 빼앗겼다는 것을 인지하고 자유를 얻기 위해 실천적으로 행동하는 주체적 여성들이다.

중간 혹은 사이에 위치한 주변부 여성들을 어떻게 바라볼 것인가? 이 책은 이들을 난해한 페미니즘 이론에 의존하는 철학적/이론적 접근도, '지금 여기'에서 벌어지는 현상들의 분석에 치중하는 사회학적 진단도 지양한다. 이 책은 '꼼꼼하게 텍스트 읽기'라는 전통 문학비평의 방식을 취해 희곡과 영화 속에 재현된 여성인물들을 분석한다. 문학과 영화 속에 재현된 인물들이 시대와 사회를 반영한다는 점에서 이미 역사의 일부이며, 어느 면에서 문학이나 영화와 같은 허구가 역사나 사회적 사실보다 더 진실하게 시대정신과 문화를 드러낼 수 있다. 포스트모더니즘 이후 많은 현대인들이 인지하듯이, 객관성을 유지해야 할 역사가 주관적 관점을 완전히 배제할 수 없어서 '있는 그대로'의 진실을 이야기하지 못하는 반면, 문학적 상상력이 들려주는 이야기가 그 상상 속에 상당한 역사적 사실을 포함하는 경우가 흔하기 때문이다.[2] 그러나 이 책은 인물들을 명쾌하게 이해하기 위해 최소한의 범위에서 이론을 도입한다. 일례로, 1장의 가면무도를 벌리는 사브리나와 헬레나를 설명할 때 영화이론가 메리 앤 도안(Mary Ann Doane, 1952-)의 '가면무도' 이론을 빌려오고, 5장의 시각장애 여성 몰리의 은밀한 저항 미학과 타자 윤리를 설명할 때 철학자 엠마뉴엘 레비나스(Emmanuel Levinas, 1906-1995)의 타자 이론을 끌어온다.

이런 문학적 방법론을 활용하여 이 책은 총 7작품 8명의 여성 인물들이 각 시대와 문화권의 '비주류'의 '보통' 여자로서 때로는 저항하고 때로는 타협하며 살아가는 행동뿐만 아니라, 기존의 남성 중심적인 시각에서는 들리지 않았던 내면의 목소리에도 귀를 기울인다. 나아가 각기 다른 시대와 문화권의 여성 인물들에게 열려 있는 가능성과 그 한계를 확인하고, 그들이 제한된 조건 안에서 어떻게 자신의 삶을 연출하는 주체가 되었는지를 각 시대와 문화권의 복합적인 상황과 함께 분석한다. 그러나 이 책은 이런 가운데 제한적이나마 시대와 문화를 횡단하여 모든 여성 인물들을 묶어내는 공통의 끈을 찾아보고, 또 독자들이(여성들뿐만 아니라 남성들도) 이 여성 인물들을 예전과는 다른 방식으로 만나볼 수 있는 작업을 수행한다.

---

2) 포스트모더니즘(postmodernism)이후 문학, 사학, 철학의 경계가 모호해졌다. 특히 포스트모더니즘 이후 허구와 역사의 경계가 무너지고, '있는 그대로'의 역사 기술이란 불가능하며 오히려 허구의 문학이 진실을 드러낼 수 있다는 믿음이 자리 잡았다. 포스트모더니즘 혹은 탈근대주의란 근대의 이성 중심주의와 객관적 진리에 대한 근본적인 회의를 내포하는 사상적 경향으로, 1960년대 프랑스와 미국을 중심으로 일어나 20세기 후반 철학, 예술, 문학, 건축, 디자인, 역사해석, 문화 등 다방면에 걸쳐 영향을 끼쳤다.

이 책은 각 작품이 쓰인 시점이 아니라, 각 작품 배경의 역사적 시점에 따라 작품을 배치해 분석한다. 먼저 영국 17세기 초반을 배경으로 한 윌리엄 셰익스피어(William Shakespeare, 1564-1616)의『끝이 좋으면 다 좋다』(All's Well that Ends Well, 1602-1605)를 미국 20세기 후반 할리우드 로맨스 영화 〈사브리나〉(Sabrina, 1995)와 비교함으로써, 17세기 초반 영국과 20세기 후반 미국 가부장 사회의 연속성과 각기 다른 시대와 문화권의 두 여성 사이의 유사성에 주목한다. 각각 희곡과 영화, 17세기와 20세기로 장르와 시대가 달라도 두 작품은 공통적으로 낭만적 사랑과 결혼의 플롯을 전개시키며 가부장적 결혼 제도 안에서 주체적인 삶을 살고자 하는 젊은 두 여성 헬레나(Helena)와 사브리나(Sabrina)의 삶을 조망한다. 이 두 작품의 비교로 논점의 틀을 세운 후 이 책은 영국 17세기 중반, 미국 17세기 후반, 영국 18세기, 아일랜드 20세기 초반, 미국 20세기 중반을 배경으로 한 드라마 속 여성 인물들을 차례로 만나본다.

 이 책의 두 번째 장은 17세기 초반 영국의 세 극작가 토마스 데커(Thomas Dekker, 1572-1632), 존 포드(John Ford, 1586-1639), 윌리엄 로울리(William Rowley, 1585- 1626)가 공동 집필한『에드먼튼의 마녀』(The Witch of Edmonton, 1621)를 통해 자본주의의 도래로 전통적 계급 질서에 금이 간 17세기 중반 한 영국 마을(에드먼튼) 최하층 여성들의 삶에 현미경을 대본다. 구체적으로 하녀 위니프리드(Winniefried)의 결혼을 통한 생존기와 마녀로 지목된 가난한 소여 노파(Sawyer)의 저항적 마녀 되기 과정을 점검한다. 에드먼튼 마을의 하층 여성들인 위니프리드와 소여 노파가 각기 다른 연극적 방식으로 경계 넘기를 시도하지만, 위니프리드는 가부장 이데올로기에 협조하는 반면 소여 노파는 마녀사냥의 부당함을 공격한 점에서 보다 전복적이라고 논의한다.

『에드먼튼의 마녀』의 부 플롯이 영국의 17세기 중반 마녀사냥을 구체적으로 보여준다면, 아서 밀러(Arthur Miller, 1915-2005)의 『시련』(*The Crucible*, 1953)은 플롯 전체가 남성 주인공 프록터(Proctor)가 미국 17세기 후반 독선적인 청교도들에 의해 마녀로 지목당하고 희생되는 과정을 극화한다. 그런데 이 극은 청교도들의 마녀사냥을 날카롭게 비판하고 프록터를 현대의 비극적 영웅으로 칭송하는 가부장적 시각을 취하는 가운데 여성인물 애비게일(Abigale)을 악녀로 제시한다. 이 장은 『시련』을 거슬러 읽으면서, 극작가 밀러의 지극히 가부장적인 구도를 해체하고 애비게일을 '여성 마법사 혹은 여성 예술가'로 해석할 수 있는 토대를 마련한다.

18세기 영국 부르주아 가부장제 사회는 영국의 현대 여성극작가 팀버레이크 워텐베이커(Timberlake Wertenbaker, 1951-)의 『메리 트라버스의 우아함』(*The Grace of Mary Traverse*, 1985)에 재현된다. 이 장은 자본주의의 부상으로 부르주아 계급이 귀족을 대치하는 18세기 영국을 배경으로 부르주아 가부장 가정에 도전하는 여주인공 메리(Mary Traverse)의 모험을 추적한다. 메리는 가정의 안락한 울타리를 넘어 남장을 하고 남성 중심적 세상으로 모험을 떠난 면에서 가부장제의 규범을 위반하지만, 남성보다 더 권력을 휘두르며 가부장 이데올로기를 습득, 체화하는 이중성을 보인다. 하지만 메리는 가부장 사회에서 살아남고 성공하기 위해 그 규범에 순종하는 척하지만 내적으로는 주체적 태도를 유지하는 헬레나, 사브리나, 위니프리드와 구별된다. 헬레나, 사브리나,

위니프리드와 달리 메리는 외면적으로는 강하게 아버지의 가치에 대적하지만 내적으로는 흔들리며, 쉽게 가부장 세계의 가치를 흡수한다.

아일랜드와 영국의 경계에서 활동한 20세기 극작가 브라이언 프리엘(Brian Friel, 1929-2015)의 『몰리 스위니』(Molly Sweeny, 1994)는 20세기 초반 아일랜드 시골 마을을 배경으로 시각장애인 여성 몰리(Molly)를 소개한다. 이 장은 이 작품을 프리엘의 다른 작품들과 비교하며, 개안 수술 후 정신적 혼돈 속에서 지식인 세 남성들(법관 아버지, 남편, 의사)의 교묘한 지배에서 벗어나 주체적 목소리를 찾아가는 몰리를 부각시킨다. 즉 정신병동에 감금되지만 그곳에서 자신에게 영향을 미쳤던 남성들의 가치에 저항하며 타자 배려의 윤리와 미학을 발견하는 몰리의 내면 여행을 탐색한다. 몰리는 행동하지 않고 내면으로 침잠해 상상 속에 머문다는 점에서 앞 장들에서 논의한 행동하는 유형의 헬레나, 사브리나, 위니프리드, 메리와 구별된다. 그러나 외면적으론 순응하는 듯 보이지만 내적으로 비판하고 저항하는 점에서 몰리는 헬레나, 사브리나, 위니프리드, 메리와 동일한 선상에 위치한다.

환상과 상상 속에서 자신의 목소리를 찾는 몰리와 가장 대조적인 인물은 20세기 중반 미국 여성 극작가 로런 한스베리(Lorraine Hansberry, 1930-1964)의 『태양 속의 건포도』(A Raisin in the Sun, 1959) 속 흑인 가정주부 루스(Ruth)이다. 프리엘의 몰리와 달리, 한스베리의 루스는 환상과 꿈에 기대지 않고 가난한 흑인 가정주부라는 자신의 위치를 직시하는 현실주의자이다. 이 극의 인물들 중 가장 미미한 존재로서 눈에 띄지 않지만 루스는 남편 월터(Walter)의 꿈도, 시어머니 르나(Lena)의 종교적 이상주의도, 시누이 베니사(Benessa)의 민족주의 이념도 거부하고 '지금 여기'의 삶에 몰두한다. 그녀가 보여주는 생활밀착형 경제활동은 돈을 유일한 삶의 가치로 여기는 (20세기 중반 미국의) 자본주의 경제활동에 대한 대안이 될 수 있으며, 개인의 사적 공간으로서의 그녀 특유의 집에 대한 개념도 자유를 향한 그녀의 주체적 욕망을 드러낸다. 그러나 루스 역시 헬레나, 사브리나, 위니프리드, 메리, 몰리처럼 도전하면서 타협하는 인물이다. 그녀는 대안을 제시하고 자유에 대한 욕망을 드러낸 면에서는 가부장적 여성상에 도전하지만, 가정주부 역할을 기꺼이 수행하고 미국 중산층 핵가족의 행복을 추구함으로써 자본주의적 가부장 체제를 무비판적으로 지지하는 이중성을 보인다.

이 책에서 논의하는 8명의 여성 인물들 중 『애드먼튼의 마녀』의 소여 노파와 『시련』의 애비게일은 헬레나, 사브리나, 위니프리드, 메리, 몰리, 루스처럼 도전하면서 타협하는 인물 유형으로 보기 어려운 면이 있다. 가난한 소여 노파와 하녀 애비게일은 각자의 사회를 불편하게 하거나 금기를 깨기 때문에 (즉 가난하고 늙은 싱글여성이거나 유부남 주인 프록터에게 욕망을 품는 싱글여성이기 때문에) 각자가 속한 사회에 의해 마녀 혹은 악녀로 호명되고 결국 희생되는 인물들이다. 소여 노파는 사회가 붙여준 마녀 이름표를 역이용한 자발적 마녀 연기를 통해 사회를 공격하고, 애비게일은 자신의 주체적 욕망을 실현하기 위해 일련의 연극을 벌이며 상황을 적극적으로 타개하고자 노력한다. 그러나 두 여성 인물의 아주 낮은 사회적 위치와 이들의 (사회가 포용할 수 없을 정도의) 지나친 전복성이 이들에게 사회와 타협하거나 공모할 수 있는 여지를 주지 않으며, 결국 두 여성은 사회에서 배척당한다. 이 책이 사회와 타협하지 않거나 타협하지 못하는 소여 노파와 애비게일을 타협하는 다른 여성인물들과 함께 탐색하는 것은, 각기 다른 시대와 문화권의 가부장 사회에서 여성들이 연주했던 도전과 타협의 이중주가 그들의 생존을 위한 필수 요소임을 확인하기 위해서이다. 소여 노파와 애비게일은 사회와 어느 정도 타협하지 않거나 못할 경우 맞이할 여성의 비극적 운명을 상징한다.

이 책은 1990년대 후반부터 2017년 사이 필자가 학술논문으로 발표했던 글들 중 6편을 선별해 한 가지 관점에서 묶어 다시 쓴 것이다. 앞에 출처를 밝혀둔 바처럼 이 책의 각 글들은 *Shakespeare Review*, 『고전 르네상스 영문학』, 『영미문학 페미니즘』, 『디오니소스』에 발표된 논문들에 기반해 다시 쓴 것으로서 각 학회지와 출판사(도서출판 동인)의 허가를 받고 수록한다. 이 글 뭉치들은 다양한 시점에 다양한 관점에서 쓰였기 때문에 일관된 접근 방식으로 연결되지 않는다는 한계를 지닌다. 때로는 영화나 한 작가의 다양한 텍스트들과 비교하고, 때로는 역사적 또는 이론적 접근을 시도하고, 때로는 텍스트를 충실하게 읽고 때로는 거슬러 읽기도 한다. 그러나 주체적 삶을 살고자 하는 여성 인물들의 도전과 타협이라는 관점에서 이 책의 모든 글들은 어느 정도 겹쳐 있고 긴밀하게 연결되어 있다.

도전과 타협의 관점에서 여성 인물들을 다룬 6편의 글을 뭉텅이로 묶은 이 책의 서술 작업은 '비주류 보통 여성들'의 주체성과 함께 도전과 타협이 실타래처럼 얽혀 있는 삶의 복합성을 확인하는 자리가 될 것이다. 이 자리에서 파격적으로 도전적이거나 극단적으로 희생당하지 않고서 일상을 살아가는 우리 시대 '보통' 독자들이 (여성들뿐만 아니라 남성들도) 작품 속 '보통' 여성들의 저항과 협상 과정에 공명하며 현재 자신들이 서 있는 위치를 정확히 맥락화하고 미래를 노정해갈 수 있기를 바란다. 또한 이 책이 현재 한국의 젠더 갈등을 둘러싼 제 문제들을 어느 한쪽으로 기울지 않은 채 객관적으로 바라볼 수 있는 시각을 제공할 수 있기를 소망한다.

2022년 봄 공릉에서
이희원

중하층 여성들의 사랑과 결혼

영화 〈사브리나〉와
셰익스피어의 『끝이 좋으면 다 좋다』

1. 할리우드 로맨스 영화와 셰익스피어의 희극

윌리엄 셰익스피어(William Shakespeare, 1564-1616)의 희극은 우리와

첫 번째 폴리오 『셰익스피어 전집』(1623)
속 윌리엄 셰익스피어

는 아무 관계없는 먼 옛날의 환상적 이
야기를 전하는 듯하지만, 그 중심에 20세
기 할리우드 로맨스 영화에서 발견되는
젊은이들의 사랑과 결혼 이야기가 자리
한다. 근 400년의 격차를 둔 문화 양식이
지만 셰익스피어 희극과 20세기 후반 할
리우드 로맨스 영화는 공통적으로 계급
과 자본의 위계질서 축을 중심으로 움직

이는 가부장제 내의 사랑과 결혼 문제를 다룬다. 대표적으로 20세기 말 제작된 시드니 폴락(Sydney Pollack, 1934-2008) 감독의 로맨틱 코미디 영화 〈사브리나〉(Sabrina, 1995)와 셰익스피어의 희극 『끝이 좋으면 다 좋다』(All's Well That Ends Well, 1602-1605)[1]는 '자신보다 계급적, 경제적으로 높은 위치에 있는 남성을 사랑하고 마침내 그와의 결혼에 성공하는 여주인공'을 중심으로 이야기를 펼쳐낸다. 즉 장르와 시대가 달라도 두 작품은 낭만적 사랑과 결혼의 플롯을 전개시키며 가부장적 결혼 제도 안에서 주체적인 삶을 살고자 하는 젊은 여성의 삶을 조망한다.

두 작품의 여주인공인 헬레나(Hellena)와 사브리나(Sabrina)가 각각 17세기 초반과 20세기 후반 가부장 사회에서 자신의 존재감을 드러내고 더 나아가 성공적인 삶을 위해 택한 길은 결혼이다. 각각 자신이 속한 시대와 사회에서 비교적 지위가 낮고 거의 눈에 띄지 않는 이 두 여성 인물은 가부장적 결혼에 자발적으로 순응하며 협조하지만, 가부장 계급사회가 이들에게 부과하는 한계를 뛰어넘는다. 말하자면, 이

---

1) 셰익스피어의 낭만희극이 아닌 문제희극으로 분류된 『끝이 좋으면 다 좋다』를 분석의 대상으로 선택한 데는 나름의 이유가 있다. 셰익스피어의 일련의 낭만희극(『12야』, 『뜻대로 하세요』, 『한 여름 밤의 꿈』 등)과 문제희극(『끝이 좋으면 다 좋다』, 『자에는 자로』 등)은 공통적으로 가부장제 규범에서 벗어나 자신의 욕망을 실현하는 여주인공을 제시하면서 동시에 가부장체제 유지에 공헌하는 사랑과 결혼을 극화한다. 하지만 낭만희극이 현실과는 유리된 배경 및 인물을 설정하고 환상적 결말을 제시함으로써 현실의 위협이 배제된 순수한 사랑을 극화한다면, 문제희극은 계급, 돈, 권력, 법 등 현실적인 문제들과 직접 충돌하고 타협하는 사랑을 다룬다. 이 때문에 계급 문제 및 자본주의적 가부장제 체제와 결부된 사랑과 결혼을 시대와 장르를 가로지른 작품과 비교하기에는 낭만희극보다 문제희극이 더 적절하다.

두 여성은 가부장 규범을 침범하면서 동시에 그것과 협상하며 자신의 길을 헤쳐 나가는데, 이러한 삶의 방식이 기존 규범 안에서 원하는 것을 얻고자 고군분투하는 오늘날의 젊은 여성들에게 선택 가능한 한 가지 길을 제시하는 듯하다.

셰익스피어의 『끝이 좋으면 다 좋다』와 할리우드 영화 〈사브리나〉 사이에는 장르, 매체, 시대의 차이가 있다. 장르와 매체 차이는 별도로 하더라도, 이 두 작품은 초기 근대와 후기 자본주의 시대의 산물로서 비교가 쉽지 않을 수 있다. 자본주의가 막 태동하며 중세의 봉건주의적 영향에서 완전히 벗어나지 못했던 17세기 초반이 낭만적 사랑 및 결혼에 부여하는 의미와 신자유주의 자본주의 시장경제 체제가 정착된 20세기 후반에 낭만적 사랑과 결혼이 차지하는 위치는 현저하게 다를 수 있다. 그러나 이러한 차이에도 불구하고 『끝이 좋으면 다 좋다』와 〈사브리나〉는 낭만적 사랑과 결혼이 가부장제와 깊숙이 연루되어 있음을 부각시키는 점에서, 또 여성 주인공의 적극적인 성적 욕망을 제시하고 여성 주도의 '가면무도'(masquerade)[2]를 통해 여성의 전복적인 측면을 강조한 점에서 공통점을 지닌다. 무엇보다 이 두 작품은 셰익스피어 시대와 20세기 후반 이후 우리 시대가 불편하게 여기는 '결혼을 통한 사회적 계층 이동'을 여성의 관점에서 다룬 점에서 공통

---

2) 메리 앤 도안(Mary Ann, Doane)의 "Film and the Masquerade: Theorising the Female Spectator" 참조. 이 논문에서 도안은 가부장제에 저항하기 위해 여성은 가부장제가 규정하는 여성성을 가면으로 사용해 과도하게 연기한다는 의미의 '가면무도'(masquerade) 개념을 도입한다. 이 글에서 '가면무도'는 도안이 의미하는 대로 여주인공들이 저항을 위해 의도적으로 과장된 여성성을 연기한다는 의미의 '가면무도'이다.

의 문제의식을 제기한다.

셰익스피어의 희극과 할리우드 로맨스 영화의 비교는 할리우드 로맨스의 원형이 셰익스피어 희극이라는 캐서린 벨지(Catherine Belsey)의 가설을 받아들일 경우 그 타당성을 더욱 보장받을 수 있다. 벨지에 따르면, 결혼으로 직결되는 낭만적 사랑의 개념은 유럽에서 셰익스피어 희극을 통해서 처음 소개되었다. 셰익스피어의 시대(16세기 후반에서 17세기 초반)만 하더라도, 유럽에는 사랑에 대한 다양한 담론이 존재했지만 모두 결혼과는 무관한 것이었다. 셰익스피어 이전 유럽에서 결혼 제도와 낭만적 사랑은 확실하게 분리된 영역이었다. 사랑은 오직 기사나 귀족에게만 국한된 일종의 정신적 과정이나 여가 활동이었던 반면, 결혼은 재산과 권력을 유지하기 위한 가문간의 실질적인 결속, 즉 제도와 질서를 상징했다. 이런 가운데 셰익스피어의 희극이 결혼으로 이어지는 낭만적 사랑을 중점적으로 다루기 시작했다(Belsey 29-33). 이렇게 된 데는 셰익스피어가 희극을 집필할 당시 부상한 청교도 결혼관의 영향을 간과할 수 없다.[3] 남녀의 활동 영역을 공과 사, 가정

---

3) 셰익스피어 시대 지배적 형태의 결혼은 가족과 친족의 결정에 따른 친족 간 여성 교환 체제의 일부였으며, 특히 지배계층에게 결혼은 가문의 재산과 사회적 지위의 유지 및 증진을 위한 주요한 수단이었다. 따라서 열정에 의거한 결혼은 철저하게 금지되었으며 결혼제도와 친족에 대한 반역 혹은 도전으로 여겨졌다. 이러한 맥락에서 청교도주의의 영향으로 새로 부상한 낭만적 사랑에 근거한 결혼은 여성에게 남편 선택의 자유를 부여하고 남편의 동반자가 될 수 있는 첫 문을 연 점에서, 이후 자본주의가 발달되고 부르주아 사회가 정립되면서 발생한 두 가지 주요 이데올로기-개인의 주권 인정과, 공적 영역(경제적 이윤)과 사적 영역(감정과 희생)의 분리-의 토대를 마련한 점에서 획기적이다. 게다가 새로 부상한 낭만적 사랑은 남녀 상호간의 관계를 중시한 육체와 정신의 결합으로서 현재 우리가 알고 있는 사랑 개념과 매우 흡사하다. 남성 주체의 보답 받지 못

밖과 안으로 구분했지만 남녀를 동등하게 바라본 청교도주의의 영향으로 셰익스피어 시대 영국은 결혼 제도와 사랑 사이의 이분법적 경계를 없애고, 성적 매력을 도덕적 타락의 징표에서 자연스러운 본능의 발로로, 낭만적 사랑을 광기에서 결혼의 전제 조건으로 이해하기 시작했다. 결혼으로 이어지는 낭만적 사랑을 재현한 작품의 효시가 셰익스피어 희극이며 그 전통이 이후 서양 문학의 전통을 통해 할리우드 영화로까지 이어져 왔다면, 셰익스피어의 희극과 할리우드 로맨스 영화의 비교는 충분히 가능하다.

2. 교환으로서의 가부장적 결혼에 대한 저항

1995년 시드니 폴락 감독이 리메이크한 로맨틱 코미디 영화 〈사브리나〉는 1954년 빌리 와일더(Billy Wilder, 1906-2002) 감독의 〈사브리나〉와 마찬가지로 우리에게 두 가지 환상, 낭만적 사랑과 물질적 풍요에 대한 동화적 환상을 제공한다. 21세기에 들어서며 다수 여성들이 경제적 독립과 성공을 일궈냈지만 여전히 많은 여성 관객들은 이 환상적 플롯에 빠져 들어가 사브리나와 함께 약 2시간 동안 꿈의 여행을 떠날 것이다. 영악하고 엄격한 미국 최고의 기업가, 일, 돈, 성공을 향

한 사랑으로서 정신적 자기 초월을 목표로 하는 12세기 봉건 시대의 기사와 귀족 부인 사이의 혼외 사랑과 비교해 볼 때, 셰익스피어 시대에 새롭게 형성된 낭만적 사랑은 결혼으로 이끌어지는 이성애적 욕망으로 오늘날까지 전승되었다. Callaghan, Helms, Singh 65-69 참조.

해 질주해온 미국 자본주의의 상징 라이너스(Linus)가 경제적, 계급적
으로 자신의 상대가 될 수 없는 운전수의 딸 사브리나를 따라 낭만의
도시 파리로 떠난다. 이렇게 해서 동화 같은 화폭 속에서 현실에선 상
호 배제적일 수밖에 없는 물질적 풍요와 낭만적 사랑, 경쟁과 사랑, 이
윤추구와 사랑이 신비롭게 조화를 이룬다. 여기에 두 연인의 포옹, 감
미로운 음악이 덧붙여지면, 순간 여성 관객들의 마음은 행복감으로 가
득 찬다. 더구나 사브리나와 라이너스의 결합이 여러 방해물들로 인해
지연되다가 마지막 순간에 이루어질 때 그 희열은 최고조에 달한다.
또한 여주인공이 혼자 힘으로 사회적 장벽을 넘어 돈 많고 지위 높은
남자와 결합할 때 여성 관객들은 일시적으로 현실의 위계질서에서 벗
어나는 해방감을 맛본다. '돈이나 계급, 법, 관례 따위가 필요 없는 세
계, 오직 사랑만으로 결혼할 수 있는 세계, 이게 바로 내가 살고 싶은
유토피아야!'라고 소리 없이 외치면서.

　　낮은 신분의 여자, 귀족 가문에 고용된 의사의 딸 헬레나가 자신
을 거들떠보지 않는 귀족 버트람(Bertram)과 여러 가지 신비로운 절차[4]
에 의해 결국 부부가 되는 이야기를 전하는『끝이 좋으면 다 좋다』도
영화〈사브리나〉와 비슷한 감정을 유발시킨다. 사랑과 구애 과정의
여러 가지 장애를 극복하고 결말에 결혼에 이르는〈사브리나〉의 사브

---

4) 이 극은 마술, 요정 등 도저히 납득할 수 없는 초현실적 요소를 가미하는 순수 낭만희극
　과 달리, 우리가 이성적으로 받아들일 수 있는 구체적인 침대 계략, 반지 계략, 소문과
　같은 절차를 통해 희극적 결말을 유도한다. 그러나 엄정하게 따져볼 때, 노드럽 프라이
　어(Northorp Frye)가 주장하는 것처럼 침대 계략은 거의 요정이나 초현실적 요소만큼이
　나 현실에서 이루어지기 힘든 신비로운 절차이다. 프라이어 8-9, 70-76 참조.

리나와 달리, 『끝이 좋으면 다 좋다』의 헬레나는 왕(The King)의 도움과 의술 등으로 결혼 승낙을 비교적 쉽사리 받아내지만 각가지 어려운 과업을 수행하고서야 도망친 남편 버트람과 실질적 의미의 결혼에 이른다. 또한 헬레나는 사브리나보다 훨씬 더 적극적이다. 헬레나는 기획자로서 남편의 사랑을 얻기 위한 각종 계략을 기획, 주도하고 여성 동지의 힘을 빌리는 일을 추진한다. 그러나 두 작품은 여성 관객과 독자에게 동일한 일탈의 기쁨을 제공한다. 계층적으로는 열등하지만 내면적 힘을 지닌 사브리나와 헬레나가 계급의 경계를 가로질러 높은 지위의 남성과 결혼하게 될 때, 상대 남성들에게 심리적 영향력을 행사할 때, 그럼으로써 냉정한 계산이나 계급에 기초한 결혼에서 벗어날 때 특히 그렇다. 운전수의 딸 사브리나와 기업 총수 라이너스의 결혼, 또 고용 의사의 딸 헬레나와 귀족 버트람의 결혼은 원칙적으로 가부장제 사회가 세워놓은 집안 간 정략결혼, 혹은 여성의 교환에 근거한 가부장적 결혼제도에 대한 저항 행위이기 때문이다.

사브리나와 헬레나의 전복성은 사랑하는 남자의 주목을 받기 위한 책략으로서 '가면무도'를 벌이면서 가부장제에서 남성의 욕망과 시선의 대상으로 존재하는 여성이기를 거부할 때 도드라진다. 두 여주인공은 남성을 대상으로 욕망하고 응시하는 주체일 뿐만 아니라, 자신들을 가장(假將) 혹은 변모시켜 결혼의 목적을 달성한다. 이때 두 여주인공은 상대 남성과의 정신적 교류나 혹은 상징적 차원의 성적 만남을 주도한다. 사브리나와 헬레나는 삭막한 대기업 혹은 침체된 궁정에 마음의 전문가로 혹은 상징적 의사로 등장하여, 주변 사람들의 호감을 사고 내적인 매력을 발산한다. 특히 두 여주인공은 자신에게 무관심하

거나 또는 공공연히 적대시하는 상대 남성의 닫힌 마음을 열고 들어
가 그의 심리적 변화를 유도하거나 그러기 위해 적극적으로 노력한다.

사브리나와 헬레나는 각각 가부장적 자본주의 체제와 계급사회에
서 자신의 욕망을 실현시키려는 주체적 여성이다. 그러나 역설적으로
두 여성은 이 욕망 실현을 위해 가부장제와 적극적으로 타협하는 양
가적 특성을 지닌다. 말하자면 두 여성은 한편으로는 가부장제에 도전
하고 다른 한편으로는 가부장제와 공모한다. 사브리나와 헬레나가 각
각 어떻게 가부장제에 저항하면서 동시에 협상하며 가부장제 안에서
성공적 삶을 모색하는지 살펴보자.

3. 〈사브리나〉: 사브리나의 침범과 협상

우리는 셰익스피어의 『로미오와 줄리엣』(*Romeo and Juliet*, 1597)의
로미오와 줄리엣을 신화적 연인으로 상상한다. 그러나 우리는 로미오
가 줄리엣을 만나기 전 로잘린느(Rosalind)에게도 줄리엣에게 보여준
것과 똑같은 강렬한 열정을 보여주었다는 사실을 기억해야 한다. 로잘
린느에 대한 짝사랑으로 신음했던 로미오는 우연히 줄리엣을 만나고,
즉각 사랑의 대상을 로잘린느에서 줄리엣으로 옮긴다. 로미오가 줄리
엣에 대한 끓어오르는 사랑을 로렌스 신부(Friar Lawrence)에게 고백하
자 신부는 로미오에게 '그 사랑은 마음이 아니라 눈, 즉 마음의 교류에
서라 아니라 일방적인 응시에서 비롯된 것이므로 거짓일 수 있다'고
답한다. 이후 로렌스 신부는 로잘린느가 로미오의 사랑에 응답하지 않

았던 것은 '그녀가 로미오의 사랑이 마음에서 우러나온 것이 아니라 상투적인 문구를 외워본 것임을 너무도 잘 알았기 때문이다'는 과감한 지적도 망설이지 않는다.5)

영화 〈사브리나〉 국내 포스터

로미오의 줄리엣에 대한 사랑은 대상을 쉽게 바꾸었다는 점에서, 또 사랑하는 마음을 상투적인 문구로 표현했다는 점에서, 지고한 사랑으로 보기 어렵다는 로렌스 신부의 이 지적은 사브리나의 사랑을 바라보는 잣대가 될 수 있다. 사랑의 대상을 데이빗(David)에서 라이너스로 바꾸는 사브리나는 로잘린느를 짝사랑하다가 줄리엣을 사랑하게 된 로미오를 떠올리게 한다. 미국의 거부 래러비(Larrabee) 가(家) 운전수의 딸인 사브리나는 어린 시절부터 줄곧 무책임한 바람둥이 주인집 막내아들 데이빗을 짝사랑해 온다. 사브리나는 데이빗을 욕망의 대상으로 마음속에 품고 있었을 뿐만 아니라, 데이빗을 삶의 목표로 삼고 데이빗의 일거수일투족을 관찰하는 일로 하루일과를 보낸다. 주인마님(데이빗의 어머니)이 데이빗을 잊고 신분에 맞는 직업을 찾을 수 있도록 사브리나를 파리로 유학 보내지만, 파

---

5) 이 신부의 말에 대해서는 *Romeo and Juliet* 2.3. 65-69행과 87-88행 참조. 원문을 그대로 번역하지 않고 그 뜻을 알기 쉽게 풀어 쓴 것임을 밝혀둔다.

리에서도 그녀의 데이빗에 대한 집착은 계속된다. 심지어 그녀는 데이빗이 다른 여성과 약혼한 이후에도 그에 대한 환영에서 벗어나지 못한다. 그러던 사브리나가 어느 날 아무런 고민 없이 사랑의 대상을 데이빗의 형이자 대기업 총수인 라이너스로 바꾼다.

이러한 짝 바꾸기는 데이빗에 대한 사브리나의 사랑이 일상에서 벗어나기 위한 낭만적 도피이자 물질적 부와 명성에 대한 욕망임을 가시화한다. 즉 사브리나가 사랑한 것은 데이빗이 아니라 풍요로운 무도회장에서 아름다운 선율에 맞추어 잘 생긴 남자와 춤을 추는 환상이며, 이런 낭만적 열망의 심층에 자본과 물질적 부에 대한 동경이 숨겨져 있음을 드러낸다. 풍부한 음식으로 넘쳐나는 파티, 아름다운 오케스트라 선율, 자유분방한 데이빗의 태도는 래러비 가문의 막대한 자본 없이는 존재할 수 없기 때문이다. 더구나 사브리나가 데이빗 대신 택한 상대 남자가 래러비 가문 최고 경영자 라이너스라는 점과 사브리나가 라이너스에게 매료되는 것은 라이너스 별장으로의 호화판 여행을 통해서였다는 점은 사브리나의 낭만적 사랑 밑에 감추어진 계급 상승의 욕구와 자본에 대한 열망을 폭로한다. 자유분방한 데이빗과 함께하는 무도회만큼이나 아름다운 자연과 별장, 전세 비행기, 이색적인 음식으로 채워진 라이너스와의 낭만적 여행은 오로지 막대한 자본의 토대 위에서만 가능한 것이다. 이렇다면 사브리나는 자신을 (고용 운전수의 딸이라는) 낮은 계층에 위치시킨 바로 그 자본주의적 가부장제의 이데올로기를 숭앙하고 답습한다고 볼 수밖에 없다.

그러나 사브리나는 사랑, 구애, 결혼 과정에서 시종일관 수동적인 자세로 마술에 기대고 왕자의 선택과 행운을 기다리는 신데렐라가 아니다. 사브리나는 남성의 응시와 구애의 대상으로 수동적 위치를 점유해온 가부장적 틀을 깨고 스스로 응시와 구애의 주체가 된다. 〈사브리나〉의 첫 장면은 사브리나가 높은 나무 위에 올라가 래러비 가의 파티 장면을 바라보는 데서 시작된다. 이때 카메라의 시선은 사브리나의 시선을 따라 전개되며, 관객 역시 사브리나의 눈을 통해 높은 나무 위에서 파티 장면과 데이빗을 바라보게 된다. 이 점에서 영화 〈사브리나〉는 카메라가 남자 주인공의 시선을 따라 움직이고, 관객이 남자 주인공의 시선에 따라 그가 응시하는 여성을 바라보고 관찰하고 욕망하도록 유도하는 전통 할리우드 영화와 대조된다. 사브리나는 남성적 응시를 전유한 주체적 여성이며, 그녀의 응시 대상은 남성이다. 사브리나는 나무 위에서 뿐만 아니라 창문을 통해, 문틈으로 항상 욕망의 대상인 데이빗을 바라보고 관찰하며, 이를 통해 '낭만적인' 데이빗의 이미지를 만든다. 라이너스로 파트너가 바뀌었을 때도 사브리나는 사진기의 렌즈를 통해 라이너스를 응시하고 관찰하며 '고독한' 라이너스의 이미지를 창조한다. 이로써 사브리나는 남성 욕망의 대상이 아니라 남성을 욕망하는 주체가 된다. 즉 여성을 대상화하는 가부장제 규범에서 벗어나 남성을 대상으로 통제하는 위치를 점유한다.

사브리나는 응시의 주체가 되는 것에 머물지 않고, 적극적으로 이들 남성들을 구애하는 작전을 펼친다. 파리에서 사진술을 익히면서 정체성을 찾고 자신감을 획득한 사브리나는 완전히 다른 여성으로 바뀌어 고향으로 돌아온다. 자신감 없고 수줍은 시골 처녀에서 세련된 외모와 매너를 지닌 도시풍의 활달한 여성으로 변모한 사브리나는 마침내 선망의 대상이었던 데이빗을 유혹하는 데 성공한다. 그녀는 20세기 후반 자본주의 가부장제 하의 가장 매력적인 여성으로 통용되는 '지적인 세련미와 성적 아름다움을 지닌 매혹적인 여성'을 '가면무도'로 연기함으로써 데이빗의 시선을 끈다. 말하자면, 사브리나는 가부장제에서 수용되는 '유혹하는 간교한 여성'의 가면을 씀으로써 남성을 통제하고 지배하는 여성이 된 것이다. 만약 데이빗이 술잔을 깔고 앉는 사고를 범하지 않았더라면 이 '가장무도'의 전술로 사브리나는 어린 시절부터 간직해온 데이빗과의 낭만적 꿈(온실에서 와인을 마시며 오케스트라 선율에 맞추어 춤을 추는 꿈)을 실현시킬 수 있었을 지도 모른다.

그러나 이 꿈이 실현되기 바로 직전 데이빗의 사고가 발생하고, 사브리나는 데이빗을 대신해 나온 그의 형 라이너스와 대면한다. 라이너스가 사브리나를 만나러 온 더 중대한 이유는 사브리나와 데이빗의 만남을 방해하기 위한 것이다. 라이너스가 로맨스의 단골 인물인 사랑의 방해꾼 역할을 맡게 된 것은 사브리나와 데이빗 사이의 계급 차이를 의식한 측면도 있지만 데이빗을 합병 협상 중인 타이슨 전자회사의 딸과 정략 결혼시키기 위해서이다. 라이너스에게 결혼은 자본 증식과 권력 유지의 중요한 수단이기 때문이다. 그러나 이 자본주의적 임무를 수행하기 위해 사브리나를 만나러 온 라이너스는 뜻하지 않게 사브리나와 함께하는 낭만적 사랑의 영역에 첫 발을 내딛게 된다. 데이빗을 만나지 않으면 보상금을 주겠다며 사랑과 결혼의 문제를 자본 거래의 방식으로 해결하려는 라이너스의 해법은 사브리나의 조롱거리가 되고, 라이너스는 돈과 권력을 조롱할 만큼 자신감 넘치는 매혹적인 여성 사브리나에게 압도당한다. 사브리나 앞에 선 라이너스는 자신을 성공으로 이끌어 준 자본주의 원리에 처음으로 의심을 품는다. 사브리나 역시 라이너스의 계산적 제안에 맞서는 가운데 데이빗과는 전적으로 다른 유형의 남자에게서 그동안 그녀가 보지 못했던 매력을 발견한다. 즉 그녀는 경영가로는 성공했지만 심리적으로는 결핍된 라이너스에게 끌린다.

사브리나는 적극적으로 라이너스에게 다가간다. 그러나 그녀의 라이너스에 대한 접근 방식은 데이빗에 대한 그것과 전적으로 다르다. 낭만적인 데이빗에게는 성적(性的)으로 접근했던 그녀는 자본주의의 완벽한 추종자이자 치밀하게 계산적인 라이너스에게는 심리적으로 다가간다. 사브리나는 친밀한 대화로 일과 사업밖에 모르는 라이너스의 내면에 억압되어 있는 개인적인 감정을 일깨워주고, 파리라는 도시와 자신의 사진술을 여가, 낭만, 예술의 상징으로 형상화하여 라이너스의 자본주의 세계관을 무력화시킨다. 사브리나의 제안으로 함께 방문한 한적한 바닷가 별장에서 라이너스는 자연과 벗하며 조개를 구워먹고, 낭만적인 레스토랑에서 모로코 음식을 먹으면서 처음으로 공적인 임무에서 벗어나 여가를 즐기고 사브리나와 마음의 대화를 나눈다. 이 경험 이후 라이너스는 브로드웨이 뮤지컬 공연을 관람하겠다고 마음 먹고, 별장 지역의 건물을 자선단체로 기부하겠다는 등 사업에만 열중했던 지금까지의 행동과는 전혀 다른 선택을 하는데, 이것은 라이너스가 일순간 친밀한 정신적 교감능력을 지닌 사브리나에게 압도당한 것을 의미한다. 사브리나는 최고 경영자 라이너스의 인생관을 동요시킬 만큼 강력하고 전복적인 힘을 발휘한 것이다.

그러나 사브리나의 인생 목표가 결혼이라는 점은 그녀의 전복적 측면을 퇴색시킨다. 사브리나는 아버지로부터 유산을 물려받아서 결혼하지 않고서도 경제적으로 독립할 수 있을 뿐 아니라, 파리에서 배운 사진술로 전문 예술가로서 경제적 활동도 충분히 할 수 있다. 그런데도 그녀는 결혼을 통한 행복을 추구한다. 사브리나에게 파리 경험과 사진술은 능력 개발의 기회가 아니라, 그녀를 운전사의 딸에서 예술적 감각을 가진 우아하고 경쟁력 있는 현대 여성으로 변모시키는 수단일 뿐이다. 게다가 사브리나의 심리적 힘은 라이너스를 동요시키기는 하지만, 그의 완전한 변화를 이끌어내지 못하는 한계를 지닌다. 라이너스는 타이슨 전자회사의 멋진 신상품인 텔레비전 때문에 아쉽지만 사브리나와의 사랑을 포기할 수밖에 없다고 생각하는데, 이것은 그가 여전히 자본주의의 추종자임을 드러낸다. 이런 라이너스가 사브리나와 결합하게 되는 것은 사브리나의 영향력 때문이 아니라 예상치 못했던 동생 데이빗의 갑작스러운 변화 때문이다. 만약 방탕아였던 데이빗이 타이슨 회사의 딸과 결혼하여 회사를 살려보겠다고 결심하는 책임감 있는 기업인으로 돌변하지 않았더라면, 라이너스가 회사를 방치한 채 사브리나를 쫓아 낭만의 도시 파리로 떠날 수 없었을 것이다. 라이너스의 변화는 그 대신 열심히 일해 줄 분신 데이빗이 있기 때문에 가능하다. 이런 의미에서 라이너스와 데이빗은 각각 기업가와 연인 역할을 바꾸어 수행하는 더블이며, 이 영화의 희극적 결말은 외견상 주체적으로 보였던 사브리나와는 아무 상관없이 라이너스-데이빗 더블에 의해 유도된다. 이 점에서 사브리나는 현대판 신데렐라의 신화를 반복한다고 볼 수 있다. 더구나 사브리나와 라이너스는 각자의 무기인 심리적 힘과 돈과 지위라는 물질의 힘을 상호 교환한다. 사브리나는 라이너스의 자본의 힘으로 여행과 사진 예술, 음식 등 여유로운 삶의 혜택을 누리고, 라이너스는 사브리나의 심리적 힘의 도움을 받고 냉혹한 자본주의 세계로부터 잠시 벗어나 해방감을 맛본다. 낭만적 이미지로 미화되었지만 사브리나와 라이너스의 결합은 어느 면에서 자본주의적 교환에 근거한다. 두 사람의 결합은 데이빗과 타이슨 전자회사의 딸 사이의 정략결혼만큼이나 상호간의 이해득실을 따진 결합, 일시적 일탈을 허용함으로써 자본주의적 가부장제를 더 공고히 다지는 결합인 셈이다.

그러나 사브리나와 라이너스가 나눈 정신과 물질의 상호 교환을 다른 측면에서 볼 수는 없을까? 자본주의적 가부장제에 충격을 가할 만큼의 강한 힘이나 지지 세력을 갖지 못한 낮은 계층의 사브리나가 자신의 욕망대로 삶을 이끌고 내면의 충만감을 느끼기 위해 선택한 나름의 현명한 방식으로 볼 수는 없을까? 혹시 이 두 남녀의 상호 교환을 물질적 선물을 마음으로 보답하거나 마음의 빚을 물질로 되갚는, 계산적 자본주의 사회에 활력을 불어넣는 등가 교환의 윤리[6]라고 볼 수는 없을까? 사브리나가 라이너스에게 결여되어 있는 정신과 감정 영역을 메워주자 라이너스는 그녀에게 결핍된 물질적 기반을 부여하는 이 교환을 클로드 레비스트로스(Claude Lévi-Strauss, 1908-2009)와 게일 루빈(Gale Rubin, 1949-)이 의미하는 가부장적 여성 교환,[7] 즉 남성간의

---

6) 필자의 졸고 「『베니스의 상인』(*The Merchant of Venice*)에 나타난 등가 교환의 윤리」 참조. 이 논문은 『베니스의 상인』을 토대로 셰익스피어는 한쪽으로 치우치는 비대칭적 자비나 사랑이 아니라 대칭적 (물질과 마음 간, 마음과 마음 간, 물질과 물질 간의 상호적, 대칭적) 등가 교환을 세상을 살아가는 최상의 윤리로 제안하고 있으며, 이러한 등가 교환은 때로 삶의 윤활유가 될 수 있다고 논한다.

7) 레비스트로스와 루빈은 각각 『슬픈 열대』(*Tristes Tropiques*, 1955)와 「여성 거래」("Traffic

결속을 위한 대상으로서 여성 교환이라고 단정 짓기는 어려워 보인다. 사브리나와 라이너스의 관계가 라이너스 주도가 아니라 사브리나 주도로 이뤄진 점, 사브리나가 남성을 대상화하고 그 대상을 적극적으로 선택하고 구애한 점, 라이너스가 심리적으로 사브리나의 영향권으로 들어가고 사브리나가 내적 충만감을 느끼는 점을 감안한다면, 그리고 인간적인 것들과 경제적인 것들의 상호 교환을 자본주의 시대의 최선의 윤리로 받아들인다면 이 두 연인의 관계를 가부장적 여성 교환으로 보기는 어렵다.

4. 『끝이 좋으면 다 좋다』: 헬레나의 침범과 협상

『끝이 좋으면 다 좋다』는 궁정의 고용 의사인 아버지가 돌아가신 후 후견인인 로잘리온 백작 부인(Countess of Roussillon)의 집에 들어가서 그 아들 버트람을 짝사랑하는 헬레나의 이야기를 중심으로 펼쳐진다. 특히 이 희극은 계급이 낮은 헬레나가 프랑스 국왕의 병을 고쳐주는 등 여러 전략을 펼치면서 버트람의 사랑을 얻게 되는 과정을 담아낸다. 헬레나는 〈사브리나〉의 사브리나처럼 주체적으로 신분에 어울리지 않는 남자를 사랑하고 그 사랑을 합법적인 결혼으로 이끌어내며 가부장 체제와 공모하며 동시에 그 체제에 도전한다. 이러한 헬레나의 양가성은 셰익스피어가 살았던 시대의 사랑과 결혼 이데올로기를 반

---

in Women: Notes on the 'Political Economy' of Sex," 1975)에서 남성들의 재산 교환으로서의 여성 거래가 가부장제를 결속하는 방식이라고 언급한 바 있다.

Edited by LOUIS B. WRIGHT / *Director, Folger Shakespeare Library*
VIRGINIA A. LAMAR / *Executive Secretary, Folger Shakespeare Library*

Illustrated with material in the Folger Library Collections

『끝이 좋으면 다 좋다』 책 표지 속 헬레나, 버트람, 왕

영한다. 셰익스피어 시대 영국은 청교도주의의 영향을 받아 남녀 상호
간의 동등한 관계를 강조했다. 셰익스피어 시대 청교도주의는 낭만적
사랑에 기반한 결혼을 지지함으로써 여성에게 남편 선택의 자유를 부
여하고 남편의 동반자가 될 수 있는 첫 문을 열어주었다. 그러나 여전
히 강력한 가부장적 결혼관의 영향권에 있었던 당시 영국 여성에게는
배우자 선택권이 없었고 여성 스스로 배우자를 선택하는 것은 아버지
에 대한 저항 행위로 인식되었다. 무엇보다 당시 영국 사람들은 결혼
과 자손 번식을 여성의 유일한 임무로 여겼고, 여성의 성적 욕망을 죄

악시하고 처녀성을 여성의 중요한 덕목으로 보았다.

처녀성에 관한 대화에서 헬레나는 버트람의 친구 파롤레스(Parolles)에게 "어떻게 하면 한 여성이 자기가 좋아하는 남자에게 처녀성을 잃을 수 있을까요?"[8]라고 묻는다. 이 질문은 헬레나가 당시의 관행을 깨고 여성의 성적 욕망을 솔직하게 표현했다는 면에서, 또 그 욕망을 실현시킬 실질적인 전략을 스스로 찾는 면에서 매우 충격적이다. 헬레나는 여성에게 처녀성의 덕목을 요청하는 당시의 가부장 이데올로기에 역행해 스스로 전략을 짜고, 스스로 구애함으로써 결혼을 성사시킨다. 이런 측면에서 헬레나는 『말괄량이 길들이기』(*The Taming of the Shrew*)의 페트류키오(Petruchio), 『햄릿』(*Hamlet*)의 햄릿(Hamlet), 『자에는 자로』(*Measure for Measure*)의 빈센티오 공작(Duke Vincentio), 『폭풍』(*The Tempest*)의 프로스페로(Prospero) 등 일련의 셰익스피어의 남자 전략가 주인공들의 면모를 보여준다. 어떤 면에서 17세기의 여주인공 헬레나가 자신의 힘보다는 남성의 힘으로 결혼에 이른 현대의 사브리나보다 훨씬 더 진보적인 셈이다.

사브리나처럼 헬레나도 남성 응시의 대상이 되지 않고 주체로서 남성을 대상화하여 적극적으로 욕망하고 구애한다. 이로써 헬레나는 가부장적 남녀 관계와 결혼 제도에 균열을 낸다. 그러나 헬레나는 왕과 거래하고 침대 계략을 주도함으로써 사브리나보다 더 높이 가부장

---

8) 원문은 "How might one do, sir, to lose it [virginity] to her own liking?" (*All's Well That Ends Well*, 1.1.115). 앞으로 이 책 대사 인용은 *All's Well That Ends Well*, The New Cambridge Shakespeare를 따르며 막, 장, 행으로만 표시한다. 앞으로 이 책 대사 인용은 원문 없이 필자의 번역만 제공한다.

제 사회가 한정한 여성 역할과 계급의 경계를 뛰어넘는다. 하지만 사브리나처럼 헬레나도 여성을 아내로 규정짓는 가부장적 관습을 받아들이고 결혼을 통해 합법적인 남편을 얻고자 한다. 헬레나는 계급 차이를 묵과하고 자신이 욕망하는 남성에게 구애한 면에서는 전복적이지만, 귀족 버트람과의 결혼을 모색하고 그와 결혼함으로써 자본주의적 가부장제에 순응한다. 즉 헬레나는 사브리나처럼 가부장제에 도전하는 만큼 가부장제 유지에 기여한다.

　사브리나와 헬레나 사이의 차이점 중 하나는 사브리나와 달리 헬레나가 사랑하는 사람을 바꾸지 않는다는 점이다. 바람둥이 데이빗을 좋아하다가 라이너스로 파트너를 바꾸는 사브리나와 달리, 헬레나는 시종 일관 데이빗처럼 어리고 무책임한 버트람을 짝사랑하다가 그를 합법적인 남편으로 맞이하고 사실혼을 성사시킨다. 그러나 헬레나에게도 〈사브리나〉의 라이너스에 해당되는 인물인 프랑스 왕이 있다. 헬레나는 실제로는 파트너를 바꾸지 않지만 상징적으로 라이너스에 해당하는 왕에게 접근하며 심리적으로 그의 호감을 사고 그를 성적으로 자극한다.[9] 상징적인 의미에서이긴 하지만 짝 바꾸기를 시도한 점에서, 또 체제의 최고 권력자인 왕에게 접근한 점에서 헬레나는 사브리나의 상징적 자매라 할 수 있다. 사브리나가 제도권에서 벗어난 방탕아 데이빗에서 회사의 최고 책임자인 나이 많은 라이너스로 짝을 바꾼다면, 헬레나는 제도권의 총책임자인 왕에서 아직 세상모르는 버

---

9) 헬레나가 왕을 사모한다는 플롯상의 흔적이 없기 때문에 헬레나가 짝을 바꾸었다고 말하는 것은 지나친 해석일 수도 있다. 그러나 상징적인 의미에서 헬레나가 왕의 성적 기능을 복원시킨 점에 주의를 기울여야 한다.

트람으로 짝을 바꾼다. 또 다른 차이는 사브리나가 데이빗에 대한 비현실적 사랑을 매개로 라이너스에게 접근하는 반면, 헬레나는 실리적인 거래를 통해서 버트람에게 접근한다는 점이다. 사브리나의 사랑과 결혼 과정에서는 낭만적인 사랑이 강조되고 자본주의적 요소가 음영 처리 된다면, 헬레나의 사랑과 결혼 과정에서는 타산적인 거래가 강조되고 사랑의 감정이 희석된다. 그러나 사브리나처럼 헬레나도 어쨌든 짝 바꾸기를 시도한 셈이며, 사브리나가 사진술을 이용하여 자본가 라이너스의 마음을 사로잡고 그의 성적, 심리적 욕구를 자극했던 것처럼, 헬레나는 의술로 왕의 병을 고친 후 그에게 성적, 정치적 활력을 제공한다. 또 사브리나와 라이너스가 사랑과 결혼을 둘러싸고 물질적 거래를 하는 것처럼, 헬레나와 왕도 헬레나의 결혼을 둘러싸고 법적, 물질적 협상을 벌인다.

헬레나는 왕의 병을 고쳐 그에게 성적 능력과 정치적 권력을 회복시켜 주는 대가로 그에게서 "명예와 부"(2.3.144)를 얻는다. 즉 헬레나는 의술을 활용해 버트람과의 합법적 결혼에 필요한 신분과 지참금을 획득한다. 이 거래 전략은 <사브리나>에서 데이빗과 타이슨 회사의 딸 엘리자벳 사이의 정략결혼을 주도한 라이너스의 자본주의 기획만큼 타산적이다. 사브리나가 사진술로 라이너스에게 정서적인 안정을 주면서 물질적 대가를 얻는 것처럼, 헬레나도 의술로 왕의 성 기능을 회복시키고 약화된 권력에 새로운 힘을 부여하며, 그 대가로 왕에게서 신분 상승과 부를 약속받는다. 여기서 헬레나와 왕 사이의 맞교환은 사브리나와 라이너스 사이의 교환보다 더 실리적인데, 이는 헬레나와 왕이 셰익스피어 시대 영국 지배층의 자본 교환에 근거한 결혼 관습을 그대로 따르고 있기 때문이다. 초기 자본주의가 탄생한 셰익스피어 시대 상류층이 거래를 통해 결혼을 결정하는 데 가장 먼저 고려한 것은 재산의 이익과 신분 상승이었고,[10] 헬레나는 이런 결혼 제도의 기본 원칙에 합의한 것이라고 볼 수 있다.

그러나 헬레나와 왕 사이의 의술과 "명예와 부" 맞교환이 헬레나가 자신보다 높은 계급의 남자와 결혼하기 위해 스스로 찾은 해결책이라는 점을 상기할 필요가 있다. 또 결혼 당사자 여성은 결정권이 없고 여성의 아버지와 남성 구혼자 간의 거래로서 이루어졌던 당대의 결혼 관습을 고려할 때, 결혼 당사자인 헬레나가 스스로 구애와 결혼 거래를 주도하고 버트람의 아버지 격인 왕과 거래를 성사시킨 것은 당대의 결혼 관습을 뒤집은 것이란 점도 기억해야 한다. 이 면에서 헬레나와 왕의 거래는 여성의 아버지와 남성 구혼자 간의 거래를 구혼자 여성과 남성의 아버지 거래로 바꾼 획기적 사건이다.

헬레나는 신분 격차 때문에 버트람을 사랑의 대상으로 삼을 수 없는 현실을 통탄하는 데 머물지 않고 즉시 현실의 어려움을 극복하기 위한 구체적인 작업을 착수한다. 이 점에서 헬레나는 사브리나가 스스로 해결책을 찾지 못하고 주인마님의 주선으로 파리로 떠난 것과 대조를 이룬다. 헬레나는 "치료책은 바로 우리 자신에게 놓여 있다" (1.1.216)고 믿으며 아버지에게서 배운 의술로 왕의 병을 치료함으로써

---

10) 당시의 결혼(특히 상류층 결혼)은 일반적으로 신부의 아버지와 구혼자 남성 사이의 흥정과 거래를 통해 성사되었다. 신부의 아버지는 결혼 지참금 액수를 제안하고, 신랑은 신부가 과부가 될 경우 상속받을 재산의 액수를 제안해 흥정하면서 이루어졌다. 물론 이때 계급과 신분도 고려되었다. Stone 참조.

자신과 버트람 사이의 계급 차이, "그 엄청난 운명의 격차"(1.1.222)를 극복한다. 물론 헬레나의 이 해결책은 당대의 가부장제 결혼 제도와 일정 부분 타협한 결과이다. 그렇다 하더라도 의술이라는 전문지식의 힘으로 남성 전유 공간인 궁정으로 향하는 헬레나가 당시 여성에게 부과된 성 역할을 전복시키고 가문과 가문 사이의 결혼이라는 가부장적 여성 교환 체제에 저항한 것임을 부인할 수는 없다.

그러나 헬레나는 왕과의 거래로 버트람을 법적 남편으로 만드는 데는 성공하지만 버트람의 사랑까지는 얻지 못한다. 버트람은 왕의 명령으로 헬레나와 강제 결혼을 하지만 마음으로는 헬레나를 아내로 받아들일 수 없어 전쟁터로 향한다. 어떻게 하면 도망친 버트람을 자신의 곁을 지키는 실제 남편으로 만들 것인가? 헬레나는 곧 이 문제를 해결하는 작전에 돌입한다. 파티 장에서 데이빗을 유혹하는 작전에 돌입했던 사브리나처럼, 헬레나는 버트람을 자신에게 돌아오게 하기 위해 버트람이 유혹했던 여성 다이아나(Diana)를 대신해 버트람과 잠자리를 갖는 침대 계략(the bed-trick)을 차용하고자 한다. 이 침대 계략은 여성 주도의 기획일 뿐만 아니라 여성이 자진해서 남성과 성관계를 맺고, 남성의 욕정을 통제하는 여성의 주체적 행위로서 도전적 측면을 지닌다. 또한 다이아나와 헬레나의 돈독한 자매애(헬레나와 그녀보다 가난하고 힘없는 다이아나 사이의 우정)에 기초한다는 측면에서 가부장제의 남성 간 결속에도 역행한다. 헬레나의 대담성은 다이아나를 대신하여 버트람과 잠자리를 가질 때 버트람에게 "어둠과 침묵"이라는 조건을 부과하여 그에게서 남성의 특권인 (대상으로서의 여성) '응시'와 '말'의 기능을 빼앗는 데까지 나아간다. 또한 헬레나는 다이아나로 가장하여 버트람과 잠자리를 가짐으로써 버트람이 자신에게 부과한 조건(버트람의 부인이 되려면 버트람의 손에 끼어 있는 반지를 얻어내고 버트람의 아이를 임신해야 한다는 조건)을 문자 그대로 이루어 버트람과의 사실혼을 이루고, 더 나아가 버트람을 교환의 대상으로 만든다. 헬레나는 침대 계략을 활용하여 (가난한 과부의 딸) 다이아나가 남성의 욕정을 충족시키기 위한 교환 대상이 되는 것을 차단시킬 뿐 아니라 (귀족 남성인) 버트람을 자신과 다이아나 사이의 교환 대상으로 전락시킨 것이다.

헬레나의 침대 계략은 가부장제의 여성 대상화를 거부하고 전통적 젠더 규범을 뒤집는 전복성을 지니는 한편으로 헬레나가 버트람이 제시한 가부장제의 과업(버트람의 반지를 얻고 임신하는 일)을 완성한다. 이 점에서 헬레나의 침대 계략은 그녀의 왕의 병 치료와 마찬가지로 가부장제의 존속에 일조한다. 여성으로서 왕의 병을 치료한 도전적 과업이 결혼하는 당사자(버트람과 헬레나) 간의 동의와 사랑보다는 지위와 지참금에 기초한 가부장적 결혼을 성사시킨 것처럼, 여성 주체성의 발로였던 도전적인 침대 계략도 버트람 가문의 상징인 반지를 얻어내고 버트람의 자손을 임신하여 그의 가부장적 가문을 승계하고 번성시키는 데 이바지한다.

살펴본 바와 같이 헬레나는 귀족 버트람과의 결혼에 성공하기 위해 전략을 도입하는 가운데 가부장 규범을 역행하면서 동시에 수호하는 이중의 과업을 수행한다. 이러한 헬레나의 전복과 순응의 기묘한 결합을 어떻게 설명해야 할까? 도안(Mary Ann Doane)의 '가면무도'(masquesrade) 개념11)을 빌리면, 다음과 같이 명확하게 실명할 수 있다. 헬레나가 사랑하는 남자와 계급의 경계를 넘어 결혼하려는 목적 달성을 위해 순

종적인 겸손한 여성으로 '가면무도'를 벌여 자신의 도전적 측면을 약화
시킨 것이라고. 다시 말해, 그녀가 가부장 사회 내에서 낮은 자신의
위치를 재정비하기 위한 도전적 목적을 위해 권력자들 앞에서 자신의
욕망과 계획을 감추고 조용하고 겸손한 여성의 역할을 맡고, 그럼으로
써 자신의 의술이 궁정에서 불러일으킬 전복성을 무마시킨 것이다. 헬
레나는 칭찬에 얼굴을 붉히고 아버지의 죽음을 애도하는 효녀로, 버트
람을 열정적으로 사랑하지만 사회적으로 열등한 신분을 인정하는 겸
손한 소녀로, 의술을 아버지의 유산이자 신의 선물로 여기는 가난하고
못 배운 소녀로서 '가면무도'를 벌인다. 심지어 그녀는 가부장적 정략
결혼을 따르지 않고 자신의 선택에 의거해 남편을 고르는 순간에도
온순하고 순종적인 언어를 사용한다. 사브리나가 '가면무도'로 현대 가
부장 사회에서 수용되는 자신감 있고 활동적인 여성 역할을 함으로써

『끝이 좋으면 다 좋다』 5막 3장 그림(1794)[12]

---

11) 주석 2번 참조.

데이빗과 라이너스의 호감을 산다면, 헬레나는 17세기 유럽의 여성상인 조용하고 겸손한 여자 역을 맡아 왕궁의 호감을 사고, 왕의 병을 치유한 후 왕과 거래하고, 이어서 버트람을 법적 남편으로 얻는다. 그녀는 이어지는 침대 계략에서도 돈을 받고 버트람의 성적 쾌락을 만족시켜야 하는 무력하고 가난한 처녀 다이아나로 '가장무도'를 벌여 버트람의 욕정과 빗나간 바람기를 역이용하는 수완을 발휘한다.

헬레나는 왕을 자신과 버트람의 결혼 중계인으로 삼고, 침대 계략에서 자신이나 다이아나가 아니라 버트람을 일개 상품으로 전락시킴으로써 자신의 욕망을 실현하고 더 나아가 신분 상승까지 성취한다. 그러나 역설적으로 헬레나의 적극적인 욕망은 결혼이라는 가부장적 질서 속에 편입되고 그녀가 사용한 전복적인 전략들은 오히려 가부장적 질서를 유지시키는 데 일조한다. 『끝이 좋으면 다 좋다』는 헬레나의 결혼이라는 해피엔딩으로 끝나는데, 이것은 여성이 차지할 수 있는 유일한 영역은 가정이며 여성의 유일한 임무는 자손 번식이며, 여성이 힘을 발휘할 수 있다면 개인적, 정서적, 성적인 분야에 국한된다는 가부장적 통념을 옹호한다.

---

12) 출처: Folger Digital Image Collectionhttp://luna.folger.edu/luna/servlet/s/1z01y4

참고문헌

1차 자료

Shakespeare, William. *All's Well That Ends Well*. The New Cambridge Shakespeare. Ed. Russell Fraser. Cambridge UP, 1985.

_____. *Romeo and Juliet*. The New Cambridge Shakespeare. Ed. G. Blackmore Evans. Cambridge UP, 1984.

〈사브리나(Sabrina)〉. 시드니 폴락(Sydney Pollack) 감독, 1995.

2차 자료

Belsey, Catherine. *The Loss of Eden: The Construction of Family Values in the Early Modern Culture*. Red Grove P, 1999.

Callaghan, Dympa C, Lorraine Helms, and Jyotsna Singh. *The Wayward Sisters: Shakespeare and Feminist Politics*. Blackwell, 1994.

Doane, Mary Ann. "Film and the Masquerade: Theorising the Female Spectator." *Issues in Feminist Film and Criticism*. Ed. Patricia Erens. Indiana UP, 1990. 41-59.

Rubin, Gayle S. "Traffic in Women: Notes on the 'Political Economy' of Sex." *Toward an Anthropology of Women*. Ed. Rayna R. Reiter Monthly Review P, 1975. 157-210.

Stone, Lawrence. *The Family, Sex, and Marriage in England 1500-1800*. Harper & Row, 1977.

레비-스트로스, 클로드. 『슬픈 열대』. 박옥줄 옮김. 한길사, 1998.

프라이어, 노드롭. 『구원의 신화: 셰익스피어의 문제 희극에 관한 고찰』. 황계정 역. 국학자료원, 1995.

이희원. 「『베니스의 상인』(*The Merchant of Venice*)에 나타난 등가 교환의 윤리」. *Shakespeare Review* 49(2013): 755-86.

2장

최하층 여성들의 생존과 저항
데커, 포드, 로울리의 『에드먼튼의 마녀』

1. 이중결혼과 마녀사냥

『에드먼튼의 마녀』(*The Witch of Edmonton*, 1621)는 제목이 암시하는 것과 달리 마녀사냥 이야기만 전하지 않는다. 토마스 데커(Thomas Dekker, 1572-1632), 존 포드(John Ford, 1586-1639), 윌리엄 로울리(William Rowley, 1585-1626)가 공동 집필한 이 극은 17세기 초 영국 에드먼튼(Edmonton) 마을에서 실제 벌어졌거나 벌어졌을 법한 마녀사냥, 이중결혼, 모리스(Morris) 축제[1]라는 세 개의 다른 이야기 실타래를 모아 직조한 극이다. 중심 플롯인 이중결혼 플롯이 이 극의

---

1) 음악이 곁들여지는 영국의 포크 댄스인 모리스 댄스는 16세기 후반 이후 마을 축제로 발전했다.

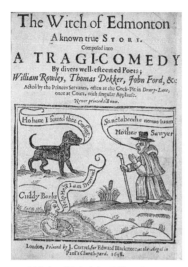

1658년 『에드먼튼의 마녀』 판 책 표지

주요 인물들을 거의 다 포함시키고 가장 짜임새 있는 구성을 지녔음에도 불구하고 비평가들의 주목을 받은 것은 부 플롯인 마녀사냥 플롯이다. 비평가들은 마녀사냥의 연극성을 살펴보거나, 17세기 초 영국의 사회, 경제적 맥락 속에서 마녀사냥을 짚어보거나, 마녀로 몰린 엘리자베스 소여(Elizabeth Sawyer) 분석에 집중해 왔다.

그러나 이 글은 주 플롯인 이중결혼 이야기를 이끄는 하녀 위니프리드(Winniefried)와 그녀와 연관 지어 부 플롯의 엘리자베스 소여에게 주목한다. 즉 이 극의 다양한 계층의 여성 인물들—엘리자베스 소여, 앤 랫클리프(Ann Ratcliffe), 수전 카터(Susan Carter), 위니프리드, 캐서린 카터(Katherine Carter)—중 17세기 영국 마을 맨 가장자리에 위치한 두 여성, 하녀 위니프리드와 마녀라 불리는 엘리자베스 소여(소여 노파)[2])를 중점적으로 다루며, 이 두 여성이 각각 어떻게 다른 방식으로 그들이 처한 사회에 대응하며 그 경계를 넘어서면서 동시에 그 사회 속에 통합되거나 배제되는지를 살펴본다. 주 플롯 이중결혼의 당사자이자 희생자인 수전을 부수적으로만 살펴

---

2) 엘리자베스 소여는 이 극에서 "Mother Sawyer"로 불린다. 앞으로 이 글은 그녀의 결혼 여부가 언급되지 않았다는 점을 고려하고, 나이든 하층계층 여성임을 지칭하기 위해 '어머니 소여' 보다는 '소여 노파'로 부른다.

보는 데는 나름의 이유가 있다. 수전이 부자 아버지의 순종적 딸이자 신사 남편 프랭크(Frank)의 희생자로서, 위니프리드처럼 전략적으로 자신의 생존을 모색하지도 또 소여 노파처럼 적극적으로 마녀가 되어 강력하게 사회를 비판하는 목소리를 내지 못하기 때문이다. 이 글은 새롭게 부상한 부유한 중산층 수전의 순종과 희생 과정이 아니라, 하층 여성 위니프리드와 소여 노파가 지극히 가부장적이고 자본주의적인 17세기 영국 사회를 주체적으로 헤쳐 나가는 과정을 탐색한다.

이를 위해 먼저 17세기 영국의 경제 사회적 배경과 마녀 사냥에 대한 역사적 고찰과 함께 작품에 명시된 에드먼튼 마을의 경제, 사회적 맥락을 점검한다. 이 극이 1621년의 실화, 즉 에드먼튼에서 마녀로 고발되었던 엘리자베스 소여의 재판과 옥중 고해 자료를 토대로 쓴 헨리 굿콜(Henry Goodcole, 1586-1641)의 팸플릿, 『에드먼트의 최근 마녀 엘리자베스 소여의 놀라운 발견』(*The Wonderful Discoverie of Elizabeth Sawyer, a Witch, Late of Edmonton*, 1621)을 원전으로 하는 "다큐-드라마" (Corby and Sedge 22)라는 점을 고려하면, 위니프리드와 소여를 알아보기 전 두 여성이 속한 역사, 사회적 맥락을 이해하는 것이 반드시 필요하다.

2. 지극히 자본주의적인 에드먼튼 마을

프랭크 소니(Frank Thorny)가 이중결혼을 하는 과정은 17세기 초 영국 마을 에드먼튼의 변화된 사회적, 경제적 구조와 그 안에서 여성들이 차지하는 위치를 명확하게 드러낸다. 에드먼튼의 귀족 아서 경(Sir Arthur Clarington)을 섬기는 가난한 신사 계급의 프랭크는 자신의 애인이면서 아서 경의 하녀이자 내연녀인 위니프리드가 임신하자 돈이 없는 상황에서도 "그 아이가 / 누구를 아버지로 부를지 알게"(1.1.4-5)하고자 그녀와 결혼한다(1.1.3-5).3) 신속하게 둘만의 결혼식을 올린 그는 앞으로 태어날 아이가 가난에서 벗어날 수 있는 유일한 길은 아서 경의 재물과 그의 아버지 소니 영감(Old Thorny)의 유산을 확보하는 것이라고 판단한다. 그리하여 프랭크는 자신과 위니프리드의 결혼을 대가로 아서 경에게서 그녀 몫의 지참금을 받는 거래를 체결한다. 동시에 그는 위니프리드와 비밀 결혼을 함으로써 (하녀인 위니프리드와 결혼할 경우 상속을 거부하겠다고 위협하는) 아버지로부터 유산 상속을 보장받고자 한다. 한편 아들의 비밀결혼을 알지 못하는 소니 영감은 빚을 갚기 위해 많은 현금을 수중에 지니고 있는 소지주 카터 영감(Old Carter)의 딸 수전과 프랭크 사이의 정략결혼을 계획한다. 위니프리드와 결혼했음에도 불구하고 프랭크는 아버지가 빚을 청산하지 못하면 유산 상속을 받지 못할까 두려워 아버지 뜻대로 수전과 결혼하게 된다. 이렇게 해서 프랭크는 자신의 아이를 임신했다고 믿고 아이의 아버지가 되기 위해 위니프리드와 먼저 결혼하고, 아이를 키울 가정의 경제적 문제 때문에 수전과 두 번째 결혼을 하는 모순적 상황에 빠진다.

---

3) 프랭크의 생각과 달리 이후 이 극에서는 이 아이의 아버지가 프랭크가 아니라 아서 경인 것으로 암시된다. 이 극 대사 인용은 *Three Jacobean Witchcraft Plays*에 포함된 *The Witch of Edmonton*에 따르며, 막, 장, 행으로만 표시한다. 번역은 필자의 번역이며 원문은 제공하지 않는다.

이러한 프랭크의 이중결혼 과정은 17세기 초 에드먼튼의 사회 구조가 재편되어가고 있음을 여실히 드러낸다. 이 마을에서 새로 부상한 소지주 자본가 카터 가문이 세력을 얻고 아서 경을 축으로 한 봉건적 지배 구조 및 마을의 견고한 계급 질서를 균열시키는 중이라는 것, 빚이 있다면 신사 계급이라도 프랭크처럼 영주의 하인으로서 곤궁하게 살 수 밖에 없다는 것, 그리고 결혼 시장에서 중요한 것은 계급이 아니라 유산과 지참금과 같은 경제력이라는 것을 알려준다. 그러나 에드먼튼 마을에는 여전히 무소불위의 힘을 지닌 영주 아서 경을 중심으로 세워진 가부장적 봉건제가 건재하며, 이 제도 하에서 아버지는 가정의 축으로서 권위적 지위를 부여받는다. 따라서 가부장적 봉건제도를 축으로 작동하는 에드먼튼 마을은 유산 상속자인 아들이나 아버지의 지참금으로 결혼해야 하는 딸에게 아버지에 대한 절대적 복종을 요구한다. 특히 이 마을의 결혼 시장에서 여성들은 그들이 차지하는 사회적 위치와 관계없이 모두 남성들의 교환 상품으로 존재한다.

카터 영감의 큰딸 수전의 결혼을 둘러싸고 남자들이 벌이는 결혼 흥정은 여성의 교환을 근간으로 한 에드먼튼 마을의 가부장적 결혼 제도를 보여주는 좋은 예이다. 카터 영감의 주장처럼 에드먼튼의 젊은 이들은 아버지의 동의 없이 결혼할 수 없는데(1.2.39), 이는 17세기 초 에드먼튼에서 결혼이 오늘날 부동산 업소에서 이뤄지는 비즈니스와 유사한 상업적 거래이기 때문이다. 카터 영감은 에섹스(Essex) 지역 땅으로 꽤 많은 수입을 올리고 있는 신사라는 이유로 소머튼(Sommerton)을 둘째딸 캐서린의 남편으로 허락한 바 있다. 그는 계급 상승을 위해 큰딸도 신사와 결혼시키고자 하고, 돈이 필요한 소니 영감은 카터 영감의 이 결혼 흥정을 받아들인다. 카터 영감이 수전을 소니 집안과 결혼시키고 싶은 열망을 각종 경제적인 용어들로 표현하자(2.1.132-141), 소니 영감은 아들과 경제적 협상에 곧바로 들어간다. 소니 영감은 아들 프랭크에게 빚을 못 갚으면 "손실"(1.2.129)로 이어질 것이니, 부유한 집안의 딸과 결혼해 그 "지참금"(1.2.131)으로 부자로 사는 방법과, 빚을 갚기 위해 가지고 있는 땅을 팔고 극심한 "가난의 곤경"(1.2.136)에서 사는 방법 중 선택하라고 재촉한다. 프랭크는 아버지의 제안에 아버지처럼 경제적인 용어를 써서 즉 아버지의 "신용 문제를 해결하기"(2.1.143-44) 위해서 카터 영감 딸과 결혼하겠다고 답한다. 수전이 가난한 허풍장이 시골 청년 워벡(Warbeck)[4]을 싫어하고 프랭크를 짝사랑하고 있기는 하지만, 수전과 프랭크의 결혼은 이렇게 아버지와 아버지, 아버지와 아들간의 협상 테이블에서 경제적 흥정으로 이루어지며, 여기서 수전은 남자들 사이의 거래 물품일 뿐이다. 이 흥정으로서의 결혼은 프랭크가 수전을 죽이기 직전 수전에게 "당신의 지참금과 결혼했었다"(3.3.35)라고 밝힐 때 보다 적나라하게 드러난다. 이러한 돈을 매개로 한 여성 교환으로서의 결혼은 여성의 결혼 지참금이 결혼 후 남편 소유가 되는 영국의 전통을 반영한다. 특히 17세기 초 에드먼튼 마을에서 결혼이 금전적인 여성 교환으로 재의미화되는 것은 엔크로저(Enclosure) 운동[5] 이후 새로 부상한 소지주 계급의 딸들이 가난한 귀족들에게 아주 쓸 만한 교환 상품으로 부상하기 시작했기 때문이다.

---

4) 워벡이 수전에게 과부급여재산으로 "1년에 300파운드"(1.3.90)를 제공하겠다고 말하자 수전이 믿지 않는데, 이 점은 워벡의 가난한 경제적 사정을 알려준다.

5) 엔클로저 운동에 대해서는 61-62쪽 참조.

아서 경의 하녀이자 내연녀였다가 프랭크의 첫 아내가 된 위니프리드도 수전과 마찬가지로 아서 경과 프랭크 사이에서 유통되는 경제적 교환 상품이다. 위니프리드를 성적으로 교환했던 아서 경과 프랭크[6]는 그녀가 임신하자 그녀의 결혼을 매개로 경제적 거래를 시도한다. 비열한 위선자 아서 경은 자신이 "200파운드"(1.1.104)를 위니프리드 지참금 조로 프랭크에게 지불하는 조건으로 프랭크에게 임신한 위니프리드와 결혼할 것을 압박한다(1.1.95-96). 가난한 하녀의 지참금은 하녀의 주인이 주는 것이 당시의 관례이므로(Mcfarlane 68), 아서 경이 프랭크에게 지참금을 주는 것이 당연한 절차인데도 아서 경은 선심을 쓰는 척한다. 아서 경의 재물을 받아 결혼 생활을 유지할 것을 기대하는 프랭크도 위니프리드 교환에 매우 적극적이다(1.1.108-09). 여기서 아서 경과 프랭크는 각각 처녀성을 잃은 딸 위니프리드를 두고 흥정을 벌이는 위니프리드의 아버지와 위니프리드 구혼자 역을 맡는다. 아서 경은 하녀 위니프리드의 처녀성 훼손과 임신으로 자신의 명예가 실추되었으니 그 책임을 지고 위니프리드와 결혼하라고 프랭크를 설득하고, 프랭크는 지참금을 주겠다는 약속을 귀족의 명예를 걸고 지키라고 응수한다.[7] 하녀 위니프리드를 임신시켰다는 소문이 날까 두려웠던 아서 경은 프랭크와 위니프리드의 결혼을 강요하는데다가, 프랭

---

6) 1막 1장 153행과 222행에서 아서 경이 프랭크를 "오쟁이 진 남자"와 "바보"로 일컫는데, 이는 프랭크가 아서 경과 위니프리드의 관계를 알지 못했다는 점을 드러낸다.

7) Amussen의 연구에 따르면, 당시 혼전 임신은 성범죄였다(207). 아이의 아버지인 아서 경은 자신이 지은 성범죄의 책임을 프랭크에게 전가하는 부도덕성을 드러내는 한편, 순진한 프랭크는 자신이 아이의 아버지라 생각하고 책임을 지려고 한다.

크로서는 부인과 아이를 부양할 돈이 절실히 필요하기 때문에 이 거래는 쉽게 체결된다. 위니프리드를 사이에 두고 벌어지는 두 남자 사이의 경제적 거래에 위니프리드가 끼어들 틈은 거의 없어 보인다.

그러나 위니프리드는 이 거래를 느슨하게 만드는 데 일정 정도 일조한다. 위니프리드는 결혼 후에는 아서 경과 성적 관계를 절대 맺지 않겠다고 아서 경에게 단호하게 자신의 의사를 밝히자, 아서 경은 지원하기로 했던 경제적 지원을 철회한다(1.1.215-22). 이때 앞서 언급한 남성들 간의 경제적 거래에 균열이 생긴다. 위니프리드가 제공하는 성적 쾌락이 없다면 약속한 돈을 줄 수 없다는 아서 경의 계산에 따르면, 자신이 아니라 오히려 자신에게 아무 대가 없이 (아버지를 속이기 위한) 거짓 결혼 증명서를 써 달라고 하는 프랭크가 "빚쟁이"(1.1.221)이다. 이런 맥락에서 약속한 돈의 지불을 철회하는 아서 경과 아서 경에게 거짓 증서를 부탁하는 프랭크 사이의 여성(위니프리드) 교환은 말뿐인 거짓 계약이 되고 만다. 그리하여 의도는 있었지만 결과적으로 돈이 거래되지 않은 결혼을 하게 된 위니프리드는 수전과 달리 경제적 거래의 교환 품목만은 아닌 그 이상의 존재가 된다. 경제적 거래에 균열을 내고 결혼한 점에서, 위니프리드의 결혼에는 17세기 영국의 규범에 반하는 위반적 요소가 잉태되어 있다.

에드먼튼 마을의 중하층 여성들이 남성들의 경제적 교환 상품으로 존재했다면, 이 마을의 맨 밑에 위치하는 소여 노파처럼 늙고 가난한 최하층 여성들은 남성들의 교환 상품조차 될 수 없었다. 엔클로저 운동이 진행 중인 17세기 초 에드먼튼 마을은 땅이 사유화되어감에 따라 빈부격차가 극심하게 벌어진 상태였다. 에드먼튼에는 땅의 사적 소유권을 강력히 주장하는 뱅크스 영감(Old Banks) 같은 부유한 지주가 살고 있었으며, 농부의 부인 앤이 호소하듯이 "온갖 좋은 먹을 것들은 부잣집 사람들 지갑으로 들어가고 가난한 자들에겐 겨밖에 먹을 게 없는"(4.2.179-81) 구조가 그 경제를 지탱하고 있었다.

엔클로저 운동[8]이란 자본가나 지주가 큰 농토를 사유화하기 위해 수많은 한때 공유지였던 작은 농토들에 울타리를 쳤던 영국의 역사적 사건을 일컫는다. 잠시 여기서 엔클로저 운동을 역사적으로 살펴보자. 초기 근대 영국은 양모 수출 요구가 잇따르고 양모 가격이 오르자 엔크로저 운동을 통해 공유지에 울타리를 쳐서 자본가의 사유목초지로 만들었다. 1455년에서 1637년 사이 영국에선 1200 평방 마일의 농토에 울타리가 쳐졌고 이로 인해 35,000 가호 정도의 농민 가정이 땅을 빼앗겼다. 울타리가 처지면서 농민들은 이전에는 자유롭게 가축을 키우고 경작할 수 있었던 공유지에서 쫓겨나 떠돌이가 되었으며, 이 문제를 해결하기 위해 국가가 도입한 구빈법에 따라 마을 부자들이 베푸는 자선 혹은 교구의 구제기금에 의존해 살았다.[9] 그런데 구빈법은 종종 악용되었고, 과부나 늙고 가난한 싱글여성과 같은 최하층 여성들 중 평판이 좋지 않은 여성들은 아예 자선 혹은 구제의 대상에서 제외되었다. 더 나아가 일자리 없이 떠돌아다니는 것을 일종의 게으름으로 보는 관점까지 팽배하면서 하층 여성들은 떠돌이 거지, 도

---

8) 칼 마르크스(Karl Marx 1818-1883)는 『자본론』 제 27장에서 영국의 엔클로저 운동에 대해 자세하게 설명한다.

9) 마르크스 984-1008; Pound 5-10; Underdown 134; Stymeist 37; Mendelson and Crawford 282 참조.

둑, 창녀가 됨으로써 불법적인 경제 구조 속으로 편입될 수밖에 없게 되었다.[10)]

에드먼튼의 소여 노파가 "몸을 따뜻하게 해 줄 몇 가지 썩은 나뭇가지들"(2.1.20)을 얻고 돼지를 키울 수 있었던 공유지에서 쫓겨 나 떠돌이 거지 신세를 면치 못하게 된 것, 에드먼튼의 부유한 지주 뱅크스 영감이 가난한 소여 노파에게 자선을 베풀려고 하지 않는 것은 이런 맥락에서이다. 뱅크스 영감은 소여 노파가 자신 소유의 땅에서 땔감을 줍는 것을 자신의 소유권 침해로 여기며 소여 노파를 때리고 쫓아낸다. 한편 가난한 이웃 농부 부인 앤은 자신도 먹을 것이 없을 정도로 가난하기 때문에 소여 노파를 도울 수 없다. 그래서 뱅크스 영감처럼 그녀도 소여 노파의 암돼지가 자신의 집으로 무단 침입했다고 해서 그 암돼지에게 해를 가한다.

수전처럼 순종해야 할 아버지의 명령도 결혼 지참금도 없는 임신한 하녀 위니프리드가 남성들의 교환 물품이 되는 한이 있어도 결혼을 기어코 하려고 하는 것은, 그녀가 결혼하지 못할 경우 소여 노파와 같은 삶의 전철을 밟게 될 것이라고 생각했기 때문이다. 초기 근대 영국에서 부모나 남편을 두지 못한 싱글여성들은 그 어떤 독립적인 일도 할 수 없었고 친척이나 영주의 하녀로 일해야만 했다. 그런데 그들은 임신을 하게 되면 하녀 직마저 그만두고 떠돌이 생활을 해야 했으며 대개 일자리를 찾지 못해 창녀가 되는 경우가 많았다.[11)] 게다가 사

---

10) Mendelson and Crawford 189-91, 281; Froide 252-53; Pound 8; McNeill 27, 150 참조.
11) Mendelson and Crawford 171, 263-68, 288; Floride 237, 246; Korda 176-78; McNeill 38, 81 참조.

생아를 낳은 여성들은 성적 방종을 저지른 여자라는 치욕적 이름 때문에 마을 떠나야 했으며, 마을도 남편, 재산권, 법적 권한이 없다는 이유로 그들을 받아주지 않았다. 최악의 경우 임신한 여자들은 종종 임신 사실을 숨기고 몰래 아이를 낳다가 혹은 여러 이유로 아이가 죽게 되면 마녀로 몰려 처형을 당하기도 했다. 이런 일들이 혼전 임신을 한 하녀 위니프리드에게 닥치지 않으리라는 보장은 없었다. 그녀가 프랭크와 결혼하고자 하는 것은 이와 같은 벼랑 끝에서 택한 처절한 경제적, 사회적 선택이다. 이런 의미에서 위니프리드는 초기 근대 영국의 싱글여성, 특히 혼전 임신한 싱글여성의 대표라 할 수 있다.[12] 싱글여성으로서 위니프리드는 자신의 생존과 안전을 스스로 찾아 나선다. 그런데 아이러니컬하게도 그녀는 그녀를 옥죄고 억압하는 가부장적 결혼에서 그 안전한 생존의 길을 찾는다.

3. 위니프리드의 전복적 연극과 사회적 위치 찾기

혼전 임신을 하기 전까지 위니프리드는 아서 경의 하녀라는 사회적 역할을 맡고 있었다. 하녀 자리는 부모가 없는 미혼 싱글여성들에게 가능한 몇 안 되는 안전한 자리였다. 그런데 혼전 임신을 하게 되면서 그녀는 하녀 직을 그만두어야 할 뿐 아니라, 가부장 사회가 정해 놓은 여성의 세 위치, 즉 처녀, 부인, 과부 중 어느 자리에도 소속되지

---

12) Amussen 207; Wisener-Hanks 67-68; Butler 134-35; Mendelson and Crawford 165, 171-2, 268 참조.

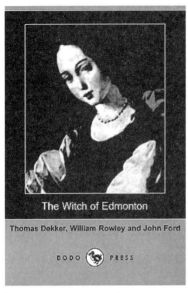
『에드먼튼의 마녀』 책 표지 속 위니프리드

못하게 된다. 말하자면 혼전 임신을 한 위니프리드는 에드먼튼 마을과 아서 경에게 경제적 부담을 줄 뿐만 아니라 성적으로 방종한 창녀로 취급당할 위기에 처한다. 다행히 프랭크가 그녀와 결혼하겠다고 나서면서 위니프리드는 그 위기에서 벗어난다. 결혼 서약과 함께 그녀는 아서 경의 통제에서 벗어나 남편 프랭크가 지배하는 가부장적 가족의 일원이 된다. 그러나 임신한 아이가 프랭크의 아이가 아니라 아서 경의 아이라는 점은 (프랭크가 이를 알지 못한다 하더라도) 위니프리드의 결혼을 불안하게 하는 잠재적 요소가 된다. 설상가상으로 프랭크가 그녀와의 결혼을 숨기고 수전과 이중결혼을 하게 되자 위니프리드는 사회에서 인정받지 못하는 비밀결혼을 유지하는 수밖에 없다. 즉 그녀는 결혼과 비결혼 사이의 위험한 중간지대에 머물며, 남편 프랭크의 명에 의해 에드먼튼에서 멀리 떨어진 삼촌 집으로 추방된다. 신성한 결혼식을 치렀지만 남편이 지배하는 가정 안으로 아직 들어가지 못한 그녀는 가정 안과 밖의 경계선에 불안하게 서 있게 된다.

결혼 전 아서 경과의 "비밀스러운 게임"(1.1.175)을 벌려 왔던 위니프리드는 결혼 후에도 결혼과 비결혼의 경계에서 창녀처럼 거래될 위험한 처지에 놓인다. 프랭크가 무대를 떠나자마자 아서 경이 위니프리드를 유혹하는 장면은 그녀가 결혼 후에도 남편의 보호를 받지 못하는 불안한 상태에 있음을 확인시켜준다. 뿐만 아니라 이 장면은 아서 경이 프랭크와 위니프리드 부부에게 돈을 주려고 했던 것이, 결혼 후에도 위니프리드를 내연녀로 삼고 그녀와 지속적 성관계를 맺기 위한 것, 즉 그녀를 창녀로 취급하겠다는 속셈이라는 사실도 알려준다. 그러나 결혼한 위니프리드는 창녀의 길을 더 이상은 가지 않겠다며 아서 경에게 강력하게 저항한다. 아서 경의 유혹을 뿌리치며 위니프리드는 "이제부터 헤픈 창녀가 아니라 참회하는 부인으로 변화된 인생을 살겠다(1.1.191-92)고 호소한다. 이와 함께 그녀는 아서 경의 지참금을 거절하고, 아서 경을 다시 보게 된다면 "설사 기도 중일지라도 저주받을"(1.2.189-90) 각오가 되었다고 외친다. 이 강력한 선언 앞에 아서 경은 그녀에게 정절을 지키고 싶다면 "수녀원으로 가라"(1.1.109)고 되받아친다. 그런데 이 말은『햄릿』의 햄릿(Hamlet)이 오필리아(Ophelia)에게 저주처럼 퍼부었던 "수녀원으로 가라"(3.1.138-39)는 말을 연상시킨다. 햄릿이 수녀원을 창녀촌의 의미로 쓰며 오필리아를 모욕한 것처럼, 아서 경도 위니프리드를 여기서 수녀원이란 말을 통해 창녀촌으로 갈 여자로 매도한다. 마치 프랭크가 수전을 자신의 명을 거역한다는 이유로 "창녀"(3.3.26, 30)로 부르며 살해했던 것처럼 아서 경도 강하게 반발하는 위니프리드를 창녀라 부르는 것이다.

위니프리드의 단호한 결의와 저항은 아서 경의 모욕적 발언을 불러일으키고 그녀가 그의 지참금도 받지 못하는 대가를 치르게 한다. 그러나 위니프리드는 이 강력한 저항적 언술로 누구의 도움도 없이 아서 경이 그녀의 신성한 결혼 울타리 안으로 침범하려는 것을 막아낸다. 이렇게 해서 그녀는 안정된 가정 안으로 들어가기 위한 첫 단계를 마무리 짓는다. 하지만 집 안 깊숙이 들어가기 위해서 위니프리드는 두 번째 걸림돌인 프랭크의 이중결혼을 해결해야만 한다. 그래야 가부장 사회가 인정하는 부인으로 마을에서 안정된 자리를 차지할 수 있다.

이를 위해 그녀가 선택한 방법은 연극 혹은 일종의 '가면무도'[13]이다. 음란한 죄를 지은 아서 경을 처리할 때는 강력한 항변이 통할 수 있지만 남편에게 강하게 자신의 의견을 피력하면 남편에게 버림받을 수 있다는 사실(수전이 알지 못했던 17세기 초 영국 사회의 통념)을 위니프리드는 잘 알고 있다. 그래서 그녀는 17세기 초 가부장 남편인 프랭크가 원하는 여성적 말하기 방식을 채택한다. 그녀는 르네상스 시기의 이상적인 부인의 역할, 즉 '정절을 지키며, 인내심을 보이고, 유순하고, 순종적인' 부인의 역할을 수행하기로 결심한다. 프랭크가 그녀에게 삼촌 집에 머물고 한 달에 한 번 씩만 만나자고 제안할 때 위니프리드는 처음에는 "한 달에 한 번만 만난다구요! 남편이 있다는 게 고작 이런 거예요?"(1.1.44-45)라고 가볍게 저항한다. 그러나 이내 그녀는 남편의 말에 순종하며 다음과 같이 간청한다.

---

13) 위니프리드의 연기는 앞 절에서 설명한 사브리나와 헬레나의 '가면무도'와 일면 유사하다. 그러나 위니프리드가 시도하는 여러 역할(순종적 아내, 시종, 도덕적 여성 역할) 연기와 가부장적 여성성을 과도하게 연기하며 전복성을 드러내는 '가면무도'가 정확하게 일치하지 않아서 이 절에서는 '가면무도' 대신 '연극' 혹은 '연기'라는 용어를 사용한다. '가면무도'에 대해서는 1장 주석 2번 참조.

　　　　　　예, 예. 그러지요. 당신의 눈을 유혹해
당신이 더 좋아하게 된 다른 미인이 없다면요.
혹시라도 당신이 절 기억해줘
당신을 종종 보게 되었으면 좋겠어요. . . .
제 자신을 위해 그럴 수 없다면 제가 당신의 아이라 믿고 있는
제 뱃속 아이에 대해 동정심을 가져주세요.
냉정한 아버지가 되고 싶지 않으시다면요. . . . (1.1.48-52)

위니프리드의 이 말은 프랭크의 두 번째 부인 수전의 솔직한 말(이별
을 제안하는 남편에게 헤어질 수 없다고 강하게 주장할 뿐만 아니라 강렬한
성적 욕망을 솔직하게 표현하는 말)과 큰 대조를 이룬다. 솔직하게 진실
을 말해 프랭크의 미움을 사는 수전과 달리, 위니프리드는 태중 아이
가 프랭크의 아이라는 거짓말도 망설이지 않는다. 위니프리드의 거짓
말은 프랭크가 자신과 결혼한 것이 아버지로서의 책임을 다하기 위한
것임을 간파한 것에 따른 연극적 조치로서, 결혼 서약을 굳건히 지키
겠다는 프랭크의 맹세를 이끌어낸다. 맹세를 듣자 위니프리드는 곧 남
편의 말에 따르겠는 복종의 뜻을 전한다.

　　　　　　　　더 이상 맹세하지 마세요.
이제 확고하게 결심이 섰어요. 당신이 우리 두 사람에게
가장 좋다고 생각하시는 그대로 따르기로 결심했어요. (1.1.68-70)

이 위니프리드의 남편에 대한 복종 선언 속에 그녀의 확고한 의지
가 드러나는 것은 흥미롭다. 말투는 다르지만 아서 경에게 향했던 저항

의 목소리와 이 순종적인 발언 양자를 관통하는 것은 그녀의 단호한 결심과 강한 의지이다. 외면적으로는 프랭크의 관점에서 "우리 두 사람에게 가장 좋은" 방식으로 이중결혼 문제를 처리하겠다고 말하는 듯하지만, 위니프리드는 자신의 관점에서 "우리 두 사람에게 가장 좋은" 방식으로 해결하겠다는 굳은 결심을 보여준다. 여기서 순종적인 부인 역할을 수행함으로써 프랭크의 아내가 되어 자신의 생존을 모색하는 위니프리드의 면모가 드러난다. 앞서 아서 경과의 대면에서 그녀가 승마복을 입고 등장한 것(1.1.156-222)은 이미 그녀가 삼촌 집에 머물라는 프랭크의 제안을 거부하고 자신의 관점에서 "우리 두 사람에게 가장 좋은" 방식으로 일을 처리하기 위해 위장을 도입할 것임을 예고한다.

예고대로 3막 2장에 재등장할 때 위니프리드는 프랭크와 함께 마을을 떠나기 위해 시종으로 복장 전환을 마친 상태이다. 이 장면에서 그녀가 부인이 아니라 시종으로 등장한 것은 그녀가 결혼 후에도 순종적 부인이 아니라 여전히 전복적인 싱글여성이라는 사실을 각인시킨다. 그러나 동시에 이 장면은 위니프리드가 프랭크의 이중결혼이 불러올 문제를 해결하기 위해 그녀 주도로 연극적 전략을 차용하고 있다는 것도 알려준다. 수전이 등장하기 전 위니프리드는 눈물을 흘리며 프랭크의 이중결혼을 강하게 비난한다. 또한 프랭크가 수전을 "나의 아내"(3.2.33)라고 언급하자 "당신 아내라니요!"(3.2.33)라고 대들며, 프랭크가 수전이 아니라 자신을 아내로 인정하도록 이끈다. 그러나 수전이 등장하자 위니프리드는 자리를 피해 달라는 프랭크의 요청을 거부하고 능청스럽게 시종 연기를 시작한다. 그녀는 수전에게 공손하게 시종의 언어로 말한다.

마님, 해야 할 일을 명으로 내려 주시면 그게 무엇이건,
정직한 제가 최선을 다해
성실히 수행하겠습니다. (3.2.48-50)

그녀의 시종 역할극은 지속되는데, 프랭크를 원망하는 마음의 표현인 눈물에 대해 무엇인가가 눈을 쳐서 눈물이 난 것이라 둘러대고, 수전에게 자신을 아서 경이 프랭크에게 추천해서 보낸 시종으로 소개한다. 위니프리드의 연극을 알아채지 못하는 수전은 그녀에게 프랭크의 시종 그 이상의 존재가 되어달라고 부탁한다.

당신이 저이의 시종이자, 친구와 부인이 되어주세요.
이게 다 착한 아내가 해야 할 일이거든요. 친구는 아내와 시종의
역할을 맡아 할 수 있고, 충분히 변모할 수 있으며,
똑같은 방식으로 시종도 친구와 부인이 될 수 있는 거죠.
(3.2.73-76)

수전이 무의식적으로 한 이 말은 아이로니컬하게도 인간이 하나의 정체성에 고정되어 있지 않으며 다양한 역할들을 수행하며 살 수 있다는 위니프리드의 신조를 전달한다. 수전의 이 무의식적 발언에 위니프리드는 시종 역할을 수행하면서 "주인님께 시종, 친구, 아내"(3.2.86-87)가 되어드리겠다고 답한다. 이 말은 상전의 부탁에 대한 시종의 답이다. 그러나 이 답변을 통해 위니프리드는 인간은 다양하고 유동적인 정체성을 지닐 수 있으며 때에 따라 하인, 친구, 부인으로 얼마든지 사회적 역할을 변경할 수 있다는 시각과 자신이 현재 수행하고 있는 연

극이 전략이라는 사실을 동시에 드러낸다. 그러나 더 중요한 것은 이 연극적 답변이 위니프리드의 진심을 전달한다는 점이다. 그녀는 진심으로 프랭크의 시종이자 친구요 부인이 되고 싶은 것이다. 사실 위니프리드에게 연극과 삶, 거짓과 진심, 겉과 속의 경계는 모호하다. 마치 그녀가 가정 안과 밖의 경계선에서 그 어느 쪽에도 속하지 못하는 것처럼, 그녀는 연극과 삶의 경계선에서도 배회한다.

4막 무언극 부분 프랭크의 침대 머리에 수전의 유령과 위니프리드가 동시에 등장하는 장면은 죽은 수전과 살아 있는 위니프리드, 비연극적이며 무지한 수전과 연극을 수행하는 지혜로운 위니프리드를 대조시킨다. 투명하게 진실을 말하고 오직 한 가지 의미만을 전했던 수전은 죽어 유령이 되어서야 비로소 17세기 영국의 창녀와 부인의 이분법에서 벗어나는데 비해, 연극을 수행하는 위니프리드는 살아서도 그 이분법에서 벗어난다. 임신한 부인임을 감추고 시동의 옷을 입고 등장한 위니프리드는 부인이면서도 가정 밖으로 나와 부인도 창녀도 아닌 위협적 존재로 무대에 현존한다. 만약 프랭크가 수전을 죽이지 않았더라면, 어쩌면 위니프리드의 이 연극적 전략은 사회 규범에 균열을 낼 수 있는 위협적 힘을 발휘하여 프랭크의 이중결혼 문제를 해결하고 둘 사이의 행복한 결말을 맞는데 결정적 역할을 했을 수도 있다.

그러나 프랭크가 수전을 죽여 상황은 달라졌고, 위니프리드는 이 상황을 극복하기 위해 새로운 작전을 마련해야 한다. 그녀는 이제 시종으로서의 연기를 중단한다. 그녀는 죽은 수전의 관이 무대 위에 도착하자 자신이 시종이 아니라 프랭크의 부인이라고 공개적으로 밝힌다.

나리, 저는 제 변장이 말해주는 것처럼 이 사람의 시종이 아닙니다.
저는 이 사람의 첫 번째, 유일한 부인이자, 법적 부인입니다.

(4.2.177-78)

죽은 수전이 관에 홀로 누워 있고, 위니프리드가 부인으로서 자신의
정체성을 밝히는 이 장면에서 수전과 위니프리드는 사회적 위치를 바
꾼다. 수전이 앉아 있었던 공식적 부인 자리에 숨어 있던 위니프리드
가 앉는다. 그러나 그녀는 프랭크가 곧 처형될 것이므로 그의 부인이
될 수 없는 현실을 직시하고, 먼저 부인으로서 자신의 위치를 공고히
한 후 과부로 살아갈 방법을 모색한다. 위니프리드는 만약 자신이 프
랭크의 부인임을 공개적으로 밝히지 않는다면, 그녀와 프랭크의 비밀
결혼은 그대로 비밀로 부쳐질 것이며, 그 경우 자신은 임신한 하녀 혹
은 창녀로, 최악의 경우엔 살인 공모자의 오명 속에서 사회의 가장자
리로 밀려날 수 있다고 판단한다. 그녀는 이뿐만 아니라 자신이 프랭
크의 살인 공모자의 단계를 넘어 마녀로 처형당할 가능성도 배제할
수 없는 현실도 직시한다. 17세기 영국에서 미혼 싱글여성들의 위치는
결혼 후 과부가 된 싱글여성보다 (마녀로 지목당하기가 더 쉬울 만큼) 위
태로웠기 때문이다. 과부들이 남편의 자리를 대신해 가정을 이끌며 가
부장제 속에서 공적이고 독립적인 자리를 차지했다면, 미혼 싱글여성
들은 그럴 수 없었다. 게다가 17세기 영국 사회는 일을 찾지 못한 미
혼 싱글여성들에게 도움의 손을 뻗어주기보다는 그들을 게으르며 풍
기가 문란한 자들로 단죄하기가 일쑤였다.[14]

이런 상황을 인지한 위니프리드는 과부로 살아갈 수 있는 길을

모색하며 새로운 역할을 맡기로 결심한다. 아서 경을 비난하는 도전적 하녀 역에서 이상적인 부인 역할과 시종 역할까지 다양한 역할을 바꿔서 해왔던 그녀는 이제 프랭크를 배반할지라도 기독교적 양심에 따라 행동하는 착한 여자 역할을 맡기로 결심한다. 즉 남편의 죄를 고발해서라도 마을의 정의를 바로 세우며 기독교 교리에 순응하는 여성의 가면을 쓴다. 그녀는 그녀를 순종적인 부인이라고 믿고 그녀에게 수전 살해 죄를 털어놓은 프랭크의 뜻에 반해 마을 사람들과 협력해 프랭크가 법의 심판을 받도록 한다. 이후 사형 선고를 받은 남편에게 슬픔을 전하면서도 자신의 죄와 처형될 남편의 죄를 분명하게 구별하는데, 이것 역시 기독교가 규정한 착한 여성 역을 수행하고 있음을 보여준다. 카터 영감이 눈물 흘리는 그녀에게 동정을 표하자 그녀는 아래와 같이 답한다.

> 제 잘못은 욕망을 품은 것이었고, 그 잘못에 대해선 치욕으로 벌을
>   받았어요.
> 하지만 제 영혼이 살인죄에서 벗어난 것만으로도 행복해요.
> 저는 그 어떤 살인에 동의한 적도 그걸 예견하거나
> 의도한 적도 없었어요. 오직 제 명예에 대해서만 그랬었지요.
>
> (5.3.10-13)

위니프리드의 이러한 답변은 그녀가 남편의 처형보다 자신의 결백을 입증하여 명예를 회복하는 일에 더 관심을 가지고 있다는 것을 알려

---

14) Froide 27, 254-55 참조.

준다. 위니프리드는 자신은 살인죄와는 무관하며 이미 저지른 욕정의 죄는 참회로서 씻고 정조를 지키기 위해 애써온 여자라는 말로 에드먼튼 마을이 원하는 '명예(정조)를 지키는 참회하는 여성'의 역할을 능숙하게 연기해낸다. 더 나아가 그녀는 처형될 남편에 대한 슬픔을 쓰러지는 몸 연기(5.3.18)로 보여주며 카터 영감과 소니 영감의 동정을 얻어내는 데도 성공한다.

위니프리드는 프랭크 앞에서도 새로 맡은 기독교의 착한 여자 역할을 수행한다. 이 역할 수행은 용서해 달라는 프랭크의 말에 그녀가 "그 말을 하는 것이 / 제 역할이죠"(5.3.106-07)라고 답할 때 강조된다. 이 답변은 프랭크를 용서하겠다는 말인 동시에 그녀가 남편을 용서하는 착한 여성 역을 수행한다는 것을 자의식적으로 드러낸다. 위니프리드의 예측대로 이 말은 위니프리드의 연기를 알아채지 못하는 프랭크의 동정심을 자극하여 그녀를 에드먼튼 마을의 과부로 확고히 자리매긴다. 그녀가 신앙심 깊은 여성 역할을 지속하자, 프랭크는 자신의 사후 그녀가 친구도 재산도 없이 살게 될 것을 걱정한다. 기도 말미에 위니프리드가 슬쩍 덧붙인 "과부로서의 의무"(5.3.103)는 마을 사람들에게 "이 곤궁에 처한 과부"(5.3.135)를 사랑해 달라는 프랭크의 부탁으로 이어진다.

착한 여자 가면은 위니프리드에게 프랭크의 과부로서 안정된 위치를 부여한다. 프랭크 사후 그녀는 "곤궁에 처한 과부"로 동정을 받고 사회적으로 안정된 카터 영감의 가정 울타리 안으로 초대받는다. 남편 대신 카터 영감이 그녀를 위해 법적 권한을 행사해줄 것이며 카터 집안과 더불어 그녀는 마을 공동체 생활도 영위할 수도 있다. 더구나 법정 판결에 의해 아서 경으로부터 "그녀의 장례식에도 / 쓸 수 있을 만큼의 굉장히 큰 자금"(5.3.159-60)을 받게 된 그녀는 경제적으로도 독립한다. 경제적, 사회적 능력을 지닌 과부로서 그녀는 이제 더 이상 사회에 부담을 주는 존재가 아니다. 그녀가 에필로그에서 "평판이 좋지 않다면 두 번째 결혼을 / 택할 필요가 없다"(1-2)고 밝히는 것처럼, 그녀는 굳이 재혼이 필요 없을 만큼 사회에서 안정된 자리를 차지한 것이다. 위니프리드에겐 하녀로서 창녀처럼 살았던 시절이나, 혼전 임신 상태에서 결혼했지만 남편의 이중결혼으로 가정 안으로 들어갈 수 없었던 시절에 비해 현재 과부의 삶이 오히려 안정적이다.

임신한 하녀에서 안정된 신사의 과부로 신분 이동을 할 때까지, 경계 밖에서 중간지대를 거쳐 경계 안으로 들어가기까지, 그녀는 시시각각 상황에 맞추어 다양한 역할들을 수행했다. 신분 이동을 했다는 면에서, 또 뛰어난 현실 감각을 바탕으로 다양한 역할들을 강한 의지력으로 수행한다는 면에서 위니프리드는 17세기 영국이 규정한 여성의 경계를 침범한다. 목표를 향해 나아가는 주체적 의지를 가진 여성이라는 것을 감추고 역할연기를 수행한 점, 즉 내면과 외양의 불일치를 전략적으로 활용한 점에서 위니프리드는 수전처럼 진솔한 여성은 아니다. 그녀는 진심을 감추고 "가짜 모습"(3.2.71-3)을 능수능란하게 보일 수 있는 여성, 아서 경의 표현을 빌리면 "현혹시킬 수"(1.1.168) 있는 능력을 지닌 가면 쓴 여성이다. 그녀의 역할 연기는 자신이 살고 있는 시대의 이데올로기(가부장제가 생각하는 이상적 여성상과 기독교적 윤리)를 간파하여 이를 치밀하게 역이용한 것이란 점에서 수준 높은 위반의 미학을 내포한다. 그러나 그 전복적 전략이 경계 밖에서 안으로 들어가기 위한 것이었다면, 그녀의 행위는 엄밀한 의미에서 전복적이지 않다. 그녀는 사회를 비판하거나 사회에 저항하기 보다는 사회가 정한 규범을 잘 따르며 충실한 사회의 구성원이 되기를 원했고 이를 위한 방편으로 불안정한 다양한 역할들을 수행한 것이다. 전복적 가면 쓰기가 가부장제에 안정적으로 편입되기 위한 전략이었다면 위니프리드는 가부장제의 옹호자인 셈이다. 바로 이 점이 바로 위니프리드를 그녀의 미래일 수도 있는 소여 노파와 구별시킨다.

여기서 한 가지 의문이 제기된다. 혹시 이 위니프리드가 차용한 전략적 연극이 이 극이 비도덕적으로 규정하는 프랭크의 이중결혼 전략과 차원이 다른 것인가? 크게 다르지 않을 수 있다. 프랭크가 살인자인 반면 위니프리드는 살인자가 아니라는 점, 위니프리드가 프랭크보다 더 자의식적으로 연극적 전략을 차용하고 있다는 점을 제외하면 위니프리드와 프랭크는 같은 방식으로 삶을 살아가는 쌍둥이일 수 있다. 둘 다 에드먼튼 마을에서 생존하기 위해 전략적으로 거짓과 연극을 사용한다. 프랭크가 사형을 앞두고 진심으로 참회하는 극의 끝부분에 이르면 프랭크가 더 진실한 사람으로 보이기도 한다. 그러나 이 극은 신사 프랭크를 사회의 규범에 따라 유산 상속분과 지참금을 받으려다 사회 규범을 위반한 비극적 주인공으로, 하녀 위니프리드를 경계선에 서 있었지만 각종 연극을 통해 사회를 통합하고 자신도 그 안에 자리를 마련하는 희극적 인물로 내세운다. 이러한 틀 속에서 이 극은 프랭크의 이중결혼을 비도덕적인 전략으로 평가하지만, 위니프리드의 연극에 대해선 도덕과 비도덕의 잣대를 들이 대지 않는다.

4. 소여 노파의 되받아치기: '마녀' 되기와 저항

『에드먼튼의 마녀』 스트랫포드 스완 극장(the Swan, Stratford) 공연 (2014)[15]

에드먼튼의 마녀로 불리는 소여 노파는 위니프리드가 연극적 전략들을 도입하지 않았을 경우 맞이했을 노년의 모습이다. 소여 노파의 과거에 대해서 이 극은 아무것도 말해주지 않는다. 그러나 소여 노파가 아서 경과 같은 높은 지위의 권세가들이 처녀들의 정조를 빼앗는 "남자 악마들"(4.1.144)인데도 법망을 피해 뻔뻔하게 살고 있다고 개탄할 때, 그녀 역시 위니프리드 같은 하녀 생활을 했으며 "남자 악마들"의 희생양이 된 적이 있었을 것이라고 짐작할 수 있다. 과거에 하녀였든 아니었든, 가난한 노파인 그녀는 이제 이 마을에서 마녀로 불리고 있다. 2막은 이에 분노하는 소여 노파의 절규로 시작된다.

---

15) 출처: https://www.thetimes.co.uk/article/the-witch-of-edmonton-at-the-swan-stratford-gsvbw3fhmp

왜 하필 나냐고? 왜 시기나 하는 세상 사람들이
창피한 자기들의 못된 짓들을 몽땅 나한테 쏟아 붙느냐고?
내가 가난하고, 흉측한 외모를 지녔고, 배운 게 없기 때문에,
그리고 나쁜 짓이라면 나보다 훨씬 더 나쁜 짓을 한 자들에 의해
내 등이 활처럼 조여지고 또 휘어졌다고 해서
내가 공동 하수구가 되어서
사람들이 함부로 지껄이며 쏟아내는
각종 오물과 쓰레기들을 몽땅 받아 내야 한다는 거야?
어떤 이들은 나를 마녀라고 부르지,
또 나 자신에 대해 아무것도 모르면서, 어떻게 하면
마녀가 되는지 나한테 가르쳐들라 하지.
자기들의 더러운 말로 인해 그렇게 된 내 더러운 혀로
자기네 소떼들을 저주하고, 자기네 옥수수 작물에
자기들에게, 자기네 하인들에게, 그리고 품에 안긴 아기들에게까지
주술을 걸라고 재촉해.
저들이 이렇게 내게 강요하니, 어느 정도는
내 자신도 그렇게 믿게 되는 거야. (2.1.1-15)

분노의 감정 폭발인 이 외침에서 무식한 소여 노파는 놀랍게도 자신이 마녀라는 이름을 얻게 된 경위를 논리적으로 설명한다. 그녀에 따르면, 그녀가 마녀가 된 과정은 다음과 같다. 첫째, 에드먼튼 마을 사람들은 마을의 최하위층 소여 노파를 사회의 각종 오물을 씻어내는 하수구처럼 생각하고 그녀에게 온갖 더럽고 험한 말을 던지며 자신들의 원한 및 각종 나쁜 감정들을 쏟아 버렸다. 둘째, 이런 마을 사람들의 더러운 말에 소여 노파도 똑같은 더러운 말로 대응했다. 셋째, 마을에 불운이 닥쳐오자(소가 병들고 옥수수 농사가 안되고, 지주들과 하인들,

아이들이 병에 걸리거나 죽자), 마을 사람들은 이 소여 노파의 말을 마녀의 저주로 생각하고 그녀를 마녀라고 부르게 되었다. 더 나아가 이 사실을 소여 노파에게 믿으라고 강요하고 혹자는 어떻게 마녀가 되는지를 가르쳐주려고까지 했다.

마녀라는 이름은 에드먼튼 사회가 그녀에게 강제로 뒤집어씌운 허구적 이름에 불과하다는 이 소여 노파의 분석은 이어지는 장면에서 그대로 확인된다. 이 장면은 소여 노파의 진단처럼, 그녀가 마녀인 것은 그녀가 뱅크스 영감의 저주에 저주로 대응했기 때문이라는 점을 예시한다.

> 뱅크스 영감: 꺼져, 어서 꺼지란 말이야. 이 마녀야!
> 소여 노파: 날 마녀라고 불러?
> 뱅크스 영감: 그래 마녀야. 그래 내가 마녀라고 불렀다. 마녀보다 더 혐오스러운 이름을 알았더라면, 더 나쁜 말로로 불렀을 거다. . . .
> 소여 노파: . . . 막돼먹은 촌뜨기야. 되져라, 수전노 놈아! [나무 가지들을 내려놓는다.] 옛다 여기 있다. 이 나뭇가지들이 네 모가지와 내장, 목구멍, 횡경막까지 찔렀으면.
> 뱅크스 영감: 뭐라? 이 마귀야, 내 구역에서 꺼지지 못해! [그녀를 때린다.]
> 소여 노파: 그래 때려라, 때려. 이 노예 같은 놈, 이 심술궂은 구두쇠 놈아! 그럼 네 놈의 뼈가 쑤시고, 뼈마디가 으스러져 몸부림이 날 거고, 그 발작이 점점 심해져 나중엔 힘줄까지 끊어지고 말 걸!
> 뱅크스 영감: 저주를 하다니, 이 마귀 년! (2.1.15-29)

또한 소여 노파의 말대로, 그녀가 마을에서 마녀로 확정되는 것은 (뱅크스 영감처럼 소여 노파가 자신들의 경작지에 들어오는 것을 거부하는) 마을 농부들이 자신들에게 닥친 각종 불행들, 즉 가축이 병에 걸린 것, 농작물이 피해를 입은 것, 자신들, 부인들과 딸들, 하인들이 병들거나 죽은 것을 모두 그녀 탓으로 돌리기 때문이다. 한 마을 주민은 이렇게 말한다.

> 우리 소들이 쓰러지자, 우리 부인들도 쓰러지고, 우리 딸들도 쓰러
> 지고 하녀들도 쓰러져. 우리 땅에서 이 짐승 같은 여자가 가축을
> 방목하면 우린 참지 못할 지도 몰라. (4.1.12-14)

뱅크스 영감도 이들과 마찬가지로 자신의 말이 병이 든 것은 소여 노파의 주술 때문이라는 확고한 믿음을 가지고 있다.

> 내 말이 오늘 아침 글랜더스 병에 걸려 콧물 흘리며 불쌍하게 뛰어
> 다녔어. 어제 밤까지만 해도 그 놈의 코가 지금 막 이발소 다녀온
> 놈의 코만큼 깨끗했었는데. 죽음을 무릅쓰고라도 말하고야 말거야.
> 이 모든 게 소여 노파, 저 음탕한 마녀가 간절히 원해서 그런 거라
> 고. (4.1.1-4)

소여 노파가 마녀가 된 또 다른 이유는 에드먼튼 마을 사람들의 사회적 태도 변화 때문이다. 소여 노파는 그래도 "한 때는 / 늙은이들을 보살펴 주곤 했었는데"(4.1.121-22), "요즘 사람들은 늙은 여자를 좋아하지 않아. 가난하기까지 하면 포주나 마녀로 불릴 수밖에 별 수 없어"

(4.1.122-24)라며 최근 마을의 변화를 지적한다. 마을 축제인 모리스 댄스에 참가하는 젊은이들까지 주저하지 않고 그녀를 마녀로 부르는 것은 이를 입증한다. 그녀를 보자마자 "에드먼튼의 마녀"(2.1.87)라며 조롱하는 젊은이들을 만나자 그녀는 자신이 "계층과 성별을 막론하고 / 모든 이들의 경멸을 받고"(2.1.95-97) 있다며 분노한다.

　　위에서 살펴본 몇몇 장면들은 역사학자들이 밝혀낸 역사적 사실과 일치한다. 키스 토마스(Keith Thomas)에 따르면, 마녀 고발은 엔클로저 운동 이후 사라진 전통적인 자선 행위와 이웃 간의 협동정신의 소멸에 따른 현상이다. 이웃들로부터 부당한 대우를 받던 극빈층 사회구성원들이 절망에서 벗어나고자 악의적인 욕설을 통해 자신들의 무력감을 표현했고 이를 본 사람들이 그들에게 주술사 혹은 마녀라는 누명을 씌우게 되었던 것이다(172-84). 다른 역사학자들도 엔클로저 이후 가난한 자들이 가축을 키워 생계를 이어 갈 땅을 잃은 데다, 부자들의 자선 구호품도 못 받게 되자 마을 사람들에게 욕과 저주를 퍼붓곤 했다는 사실을 강조한다. 이들의 설명에 따르면, 마을 사람들은 험한 말을 퍼붓는 여자들을 마녀로 부르고, 자신들의 신변에 경제적 타격이 가해지거나 병과 죽음 등 여러 불행한 일들이 닥치면, 그 모든 불행의 원인을 마녀인 그녀의 저주로 돌렸다. 이렇게 함으로써 마을 사람들은 자신들이 가난한 자들을 돕지 못했다는 죄의식에서 벗어나고, 사회변화에 저항하는 가난한 자들의 저주에 대한 두려움을 경감시키고자 했다. 한마디로, 이 마녀 고발 현상은 농촌 자본주의의 확산과 그 영향(토지 몰수, 사회적 격차의 심화, 집단적 관계의 붕괴)에 따른 일종의 가진 자와 못 가진 자 사이의 계급투쟁이었다.[16]

소여 노파는 이 변화된 에드먼튼 마을의 경제적 교환 체제 밖의 불필요한 존재이다. 그녀는 마을에 제공할 수 있는 노동력도 재능도, 팔 수 있는 몸도 물건도, 가지고 있는 땅도 재산도 없기 때문에 누구와도 교환할 수 없다. 게다가 거침없이 내뱉는 저주의 말 때문에 그녀는 단순한 배척의 대상을 넘어선 혐오의 대상이 된다. "세상 사람들에게 애정을 표하고 / 가난한 자들에게 자선을 베푸는"(2.1.159-60) 뱅크스 영감이 유독 그녀에겐 땔감조차 주지 않으려는 것은 어쩌면 그녀가 뱅크스 영감을 비롯한 마을 사람들에게 극심한 혐오의 대상이기 때문일 것이다.

소여 노파는 혐오의 대상인 자신을 마녀로 부르며 초자연적 악마의 영역으로 쫓아내려는 강력한 사회적 힘과 마주 서있다. 마을 사람들이 강요한 대로 마녀가 되어 처형당함으로써 그 마을에서 사라져 버릴까? 이 위기의 상황에서 소여 노파는 마녀가 되기로 결심한다. 그러나 그녀는 사회가 강요하고 가르쳐주는 대로의 마녀 역이 아니라, 자신을 혐오하는 사회에 복수하는 마녀 역을 맡기로 한다. 법에 의존할 수도 물리적인 힘도 없는 그녀에게 주어진 길은 가난한 농부 부인 앤처럼 "광기"(4.1.153)에 휩싸여 자살하는 길과 마녀로 처형당하는 길 두 가지밖에 없다. 이 두 가지 모두를 거부할 수 있는 유일한 방법은 자신을 마녀로 부르는 자들이 두려워하는 마녀가 되어 그들에게 복수하는 길이다.

---

16) Lovack 127-29, 150-52; Macfarlane 150-55, 161, 195-97; Sharpe 172; Underdown 120, 134; 페데리치 248-85, 252-60 참조.

그녀는 마을 사람들이 강요한 혹은 가르쳐준 마녀 이미지를 역이용해 그들을 공격하는 복수자가 되겠다고 마음먹는다. "마녀가 되는 것은 마녀로 여겨지는 것과 매한가지"(2.1 118-19)이니, 차라리 마녀 역을 맡아 마녀가 할 법한 행동들을 수행하겠다고 결심한다. 이 소여 노파의 결심은 역사상의 마녀들에게서 발견되곤 했던 여성들의 "자아 구축 과정"(Purkiss 145, 170)을 상기시킨다. 마녀로 불린 여성들은 사회가 그들에게 붙여준 마녀라는 이름을 수동적으로 받아들이기보다 그 이데올로기를 활용해 "마녀가 되기로 선택"함으로써 자아를 구축해 나갔다(Purkiss 145-70). 소여 노파도 자발적으로 "마녀가 되기로 선택"한 여성이며, 스스로를 희생자 마녀가 아니라 복수자 마녀로 자리매긴 여성이라고 볼 수 있다. 이러한 새로운 의미의 마녀가 되기 위해 소여 노파는 풍문으로 들어왔던 마녀의 특성들, 즉 "욕설, 저주, 불경한 말, 맹세, 혐오스러운 맹세 그게 아니면 나쁜 말이라면 무엇이든"(2.1.113-15) 습득해 자신을 괴롭힌 자들에게 저주의 말로 복수하고자 한다.

그녀의 첫 복수 대상은 뱅크스 영감이다. 그녀가 뱅크스 영감에게 "이 수전노 놈, 이 시커먼 똥개"(2.1.116)라고 저주를 퍼 붇자 곧 악마-개가 나타난다. 복수자 마녀가 되기 위해 그녀에게 필요했던 마술의 "어떤 힘"(2.1.107)이 악마-개의 형상으로 무대 위에 현현한 것이다. 소여 노파는 뱅크스 영감에게 대적할 마술을 배울 방도를 찾으면서, 마술의 도구인 동물 영령을 구입하는 방안을 모색한 바 있다. "어떤 주문, 어떤 마법이나 주문으로 / 동물 영령이라는 물건을 살 수 있을까?"(2.1.35-36) 고민 끝에 얻은 답은 저주였다. 그녀는 저주를 지불하고 개라는 동물 영령을 구입할 수 있게 된 것이다. 이리하여 소여 부인은 처음으로 경제적 교환 시스템 안에 발을 들여놓는다. 물론 현실이 아닌 환상의 세계에서 현실과 닮은 대안적 경제 구조 안으로 이동한 것이긴 하다.

스스로 새로운 의미의 마녀가 되기로 선택하고, 개 동물 영령의 도움을 받게 되자마자 그녀는 뱅크스 영감의 아들, 커디 뱅크스(Cuddy Banks)에 의해 마녀에서 어머니로 사회적 위치 이동을 하게 된다. 얼마 전까지 소여 노파를 마녀로 부르며 장난치던 커디는 이제 그녀를 사회의 일원으로 받아들인다. 그는 "어머니 소여," "할머니 소여," "어머니 같은 분"(2.1. 187, 191, 199)으로 부르며 그녀에게 가족 관계망 안의 위치를 부여한다. 이 호명은 스스로 선택한 마녀 역할에 대해서 소여 노파가 받은 첫 번째 보상이다. 커디는 그녀에게 캐서린과의 만남을 주선하는 중매쟁이 역할까지 부여하고 소여 노파는 즉각 이 제안을 수락한다. 이로써 소여 노파와 커디 사이에 경제적 관계가 체결되는데, 이는 카터 영감과 소니 영감이 자식들을 두고 벌린 결혼 흥정을 상기시킨다. 뿐만 아니라 이 거래는 소여 노파에게 자본주의적 에드먼튼 사회의 일원이 되는 첫 경험을 맛보게 한다.

그러나 이 흥정은 경제적 흥정인 동시에 마술적 흥정이요, 환상의 "놀이"(2.1.224)이다. 소여 노파의 마술적 주문과 영령 개-악마의 힘으로 커디는 캐서린의 모습으로 위장한 영령, 즉 환상과 만나 마술적 사랑을 향유한다. 이 장면은 소여 노파의 마술이 환상의 차원에서 작동한다는 것을 예시한다. 사랑이라는 "마법에 이미 빠져 있는"(2.1.211) 커디가 꿈꿔온 것을 그대로 눈앞에 잠시 현현시켜주는 마술은 소여 노파에게 어머니라는 이름과 경제적 교환을 허용하지만 환상적 차원에서만 잠시 그럴 뿐이다. 소여 노파는 악마-개의 도움으로 커디와 캐서린의 낭만적 장면을 잠깐 동안의 환상으로 재현한다. 그러나 악마-개는 현실에선 무력하다. 악마-개는 소여 노파의 강력한 복수 요청에도 불구하고 뱅크스 영감을 죽일 수 없다고 말하며, 때론 소여 노파의 의지와 관계없이 (그녀의 복수 대상이 아닌) 프랭크의 수전 살해 사건에도 관여한다. 환상의 차원에서만 작동한다는 점에서, 또 소여 노파의 뜻대로 악마-개가 움직이지 않는다는 점에서 소여 노파의 마술은 태생적 한계를 드러낸다.

얼마 후 악마-개는 소여 노파의 본래 목적인 복수를 위해 마술을 사용하기 시작한다. 그러나 그는 환상의 영역에서만 마술의 효과를 드러낸다. 이웃 앤에게 복수해 달라는 소여 노파의 명에 따라, 악마 개는 커디에게 캐서린의 환영을 보여주었던 것처럼 소여 노파에게는 광기에 사로잡혀 폭언하는 앤의 환영을, 앤에게는 앤의 폭언에 대응하는 소여 노파의 환영을 제시한다. 이어서 소여 노파가 악마-개에게 앤에게 어떤 영향력을 행사해줄 것을 명하자 곧 앤이 자살했다는 소식이 들린다. 그러나 실제 악마-개가 앤의 자살에 개입했다고 보기는 어렵다. 환상에서 바로 깨어났던 커디와 달리 가난 때문에 "많은 부인들이 그러하듯이 완전히 미친"(4.1.197) 앤은 환상에서 깨어나지 못했고 광기 속에서 자살을 시도했다고 보는 것이 타당하다. 앤의 남편 랫클리프 영감(Old Ratcliffe)은 앤의 죽음이 마녀의 소행이라고 생각하지만, 그녀의 자살에 악마-개가 개입한 정황은 이 극에 드러나지 않는다.

환상의 영역에서만 작동하기 때문에 악마-개에 의존한 소여 노파의 복수는 현실에서 실패할 수밖에 없다. 위니프리드가 사용한 각종 연극적 장치가 그녀를 경계 안으로 들어갈 수 있도록 이끌었다면, 마녀의 이름을 역이용한 소여 노파의 방식은 그녀를 죽음, 즉 현실의 경계 밖으로 멀리 보내고 만다. 그러나 죽음을 앞두고서도 소여 노파의 항거는 지속된다. 이제 그녀는 복수자 마녀 역을 버리고 "반역자" (Levack 155) 마녀 역을 맡아 통제되지 않은 위험한 말로 그녀를 단죄하는 사회에 저항한다. 이 위험한 말은 그녀의 처형을 막아내는 방패는 되지 못하지만 효과적으로 에드먼튼 사회의 허구적 마녀 이데올로기에 상처를 낸다.

소여 노파의 말은 비수처럼 아서 경과 판사(Judge)로 대표되는 에드먼튼 사회 지도층 남성들의 가슴을 파고들고, 더 나아가 그녀의 시각에서 새롭게 에드먼튼 사회를 재평가하는 무기가 된다. 에드먼튼에서 가장 높은 자리에 위치한 아서 경은 17세기 영국의 이데올로기를 그대로 반영하며 소여 노파를 마녀로 공격한다.[17] 그는 "너무도 뻔뻔하고 너무도 쓴"(4.1.82) 말, "끝없이 지껄이는 말들"(4.1.96) 때문에 소여 노파를 "비밀스럽고 위험한 마녀"(4.1.95-96)로 고발한다. 그러나 그녀는 이 아서 경의 말에 비웃음으로 대꾸하고 독이 묻은 "너무도 쓴" 논쟁의 칼을 휘두른다. 그녀의 긴 발언을 요약하면, 늙고 가난해서 "비난받고, 발길질을 당하고, 매 맞는"(4.1.78) 마녀들과 온갖 직책과 명예를 짊어진 "남자-마녀들"(4.1.134)은 엄격히 구분되어야 하며, 진짜 마녀는 자신이 아니라 바로 이 "남자-마녀들"이다. 이들 "남자-마녀들"은 화려한

---

17) 17세기 영국은 공격적인 말이나 투덜대는 여성들을 사회 기강을 흔들어대는 위험한 존재 혹은 마녀로 단죄시켰다. Dolan 198-200; Underdown 120-21; Harris 107-18 참조.

말로 무식한 민중들을 유인해 돈을 뺏고, 때론 처녀들을 유혹해 정조를 빼앗는 가면을 쓴 자들이며, 화려한 옷으로 치장한 채 호화로운 식탁에 앉아 있지만 각종 속임수로 욕정과 엉큼한 죄를 감추고 있는 자들이다.

마녀의 허구성과 사회 지배층의 타락을 한꺼번에 지적하는 소여 노파의 이 항변은 비교적 합리적인 판사로부터 '그렇다'는 답을 이끌어 낼 만큼 설득력을 지닌다. 법에 따라 어쩔 수 없이 소여 노파를 처형장으로 보내지만, 판사는 에드먼튼 사회의 문제는 쓴 말을 던지는 소여 노파가 아니라 "남자 마녀들"에게 벌을 줄 수 없는 에드먼튼의 법이라는 것을 인지한다(4.1.119-20). 잘못된 법 때문에 아서 경에게 벌금형밖에 내릴 수 없는 상황에서 판사는 아서 경이야말로 에드먼튼에서 벌어진 "이 모든 불행을 직조해온 기구"(4.2.2-3)라고 공개적으로 밝히는 인식의 변화를 보여준다. 이에 카터 영감도 법이 허용하지는 않지만 양심에 비추어볼 때 처형될 사람은 (소여 노파가 구분한 두 가지 종류의 마녀 중 남자 마녀인) 아서 경이라고 고백하기에 이른다(4.2.7-8). 이러한 남성들의 변화는 소여 노파의 위험한 말이 에드먼튼의 사회 규범과 믿음을 어느 정도 흔들어 놓았다는 것을 반증한다.

이 소여 노파의 항변은 주디스 버틀러(Judith Buter)의 '격분시키는 말'(excitable speech)과 연관된다. 버틀러에 따르면, 상처를 주는 혐오발언의 상처를 받지 않기 위해서 화자는 알려져 있는 않은 맥락들을 여는 방식으로 그 말을 재의미화 할 수 있다. 혐오발언은 청자를 격분시키는 말이지만 화자가 이 말의 의미 자체를 재전유 혹은 재맥락화해 다시 쓸 때, 즉 되받아쳐 말할 때 "저항 발언"(버틀러 38)이 될 수 있다.

버틀러에 따르면, 이 "저항 발언"은 말로 상처를 입히려는 화자의 위협을 무력화시키는 가장 중요한 문화적, 정치적 행위이다(35-38, 82-86). 소여 부인의 비판적 발언은 자신을 격분시킬 수 있는 마녀라는 혐오 발언을 재의미화 혹은 재맥락화하여 에드먼튼 사회의 위협을 무력화시키는 대표적인 예라고 할 수 있다. "마녀라구! 마녀 아닌 사람이 누가 있는데?"(4.1.103)라고 반문하고 새로운 잣대로 가짜 마녀와 진짜 마녀를 구분한다. 이렇게 마녀라는 혐오발언을 재전유하여 공론화시킴으로써 그녀는 사회가 만들어낸 마녀의 허구성을 드러내고 마녀에 대한 새로운 정의를 이끌어낸다. 이런 의미에서 소여 노파는 아주 강력한 저항의 목소리로 사회 질서에 균열을 냈다고 볼 수 있다. 또한 벨지(Belsey)가 강조하듯이 '말을 함으로써' 그녀는 마녀를 만들어낸 그 사회 제도에 위협을 가하는 "주체"가 되었다고도 볼 수 있다(191).

소여 노파의 저항은 마지막 순간까지 지속된다. 앤의 자살은 물론 프랭크의 수전 살해와 온갖 마을의 불행을 일으킨 장본인이라는 마을 사람들의 공격에 끝까지 맞서며 그녀는 기독교 사회의 관례인 공적 차원의 참회마저 거절한다. 마지막에 참회의 말을 전하기는 하지만 그것은 마을 사람들이 원하는 참회의 말이 아니다. 그녀는 마지막 숨을 쉬며 다음과 같이 전한다.

나에겐 숨이 얼마 남지 않아 나만의 기도도 못할 지경입니다.
그런 나한테 고함치면서 그 숨을 증언하는 데 쓰라고 강요하겠다면,
이전에 저지른 모든 악행들에 대해선 참회합니다.
그리고 악마와 같은 저주받을 주술사의 역할은 버립니다.

(5.3.49-53)

최하층 여성들의 생존과 저항: 데커, 포드, 로울리의 『에드먼튼의 마녀』 • 87

이 참회는 "법이 피와 욕정의 죄를 깨끗이 씻어주기"(5.3.141)를 기도하며 처형장으로 향했던 프랭크의 참회와 대조를 이룬다. 외면적으로는 참회의 형식을 빌리지만 그 형식 안에서 소여 노파는 마녀임을 소리쳐 증언하라는 법의 강제성을 분명하게 지목하고, 자신이 개-악마와 함께 했던 마녀 행각들이 자신이 채택한 일종의 역할이었지 초자연적 악마의 주술이 아니었음을 강조한다. 그녀는 끝까지 에드먼튼 마을이 원하는 대로, 수전 살해, 앤의 자살, 크고 작은 이 지역에 있었던 다른 수많은 자연 재해에 그녀가 책임을 지고 죽는다는 말은 하지 않는다.

5. '전략적으로 살아남느냐' 아니면 '저항하고 죽느냐'

에드먼튼 마을의 하층 여성들인 위니프리드와 소여 노파는 각기 다른 연극적 방식으로 자신이 처한 위치에서 경계 넘기를 시도했다. 임신한 하녀 위니프리드는 사회가 요청하는 순종적 역할들을 역이용해 연기하는 전복적 방식으로 하녀에서 과부로 계급적 경계를 넘었고, 소여 노파는 사회가 이름 붙여준 마녀 역을 되받아쳐 재맥락화함으로써 자신이 마녀가 아니라는 것을 입증해 내고 자신을 희생시킨 사회를 공격했다. 특히 소여 노파는 비판과 저항의 말을 거침없이 퍼붓는 마녀 역을 통해서 에드먼튼 사회 지도층에 일격을 가하고 사회를 재편성하는 계기를 마련했다. 위니프리드가 사회의 법을 역이용하는 연극적 경계 넘기를 시도했지만 결과적으로 에드먼튼 사회의 이데올로기에 협조하는 문제를 드러냈다면, 소여 노파의 마녀 되기 전략은 에드먼튼 사회의 마녀사냥의 부당함과 허구성을 비판적으로 공격한 점에서 위니프리드의 연극적 전략보다 훨씬 더 효과적이고 전복적이다.

그러나 이 극은 현실에 충실하다. 현실의 요구에 응한 위니프리드는 살아남고, 현실에 저항하는 소여 노파는 죽는다. 저항의 목소리에는 죽음의 대가가 따르며, 살아남기 위해서는 위니프리드와 같은 영악한 전략이 필요하다. 17세기 초 에드먼튼 마을에서 하층 계급 여성들이 선택할 수 있는 길은 '저항하고 죽느냐' 아니면 '전략적으로 살아남느냐'의 양 갈래 밖에 없어 보인다. 조금 높은 계층 여성들 경우도 암울하기는 마찬가지이다. 수전이 말을 많이 했다는 이유로 남편에게 살해된 점, 또 캐서린이 소머튼의 청혼을 받아들이면서도 "결혼하는 것을 두려워해야 될 듯해요. 남편들이란 / 정말 잔인할 정도로 매정하니까요"(5.3.152-52)라고 말하는 점을 고려하면, 계급 여부를 막론하고 에드먼튼에서 여성들이 살아가기가 쉽지 않아 보인다. 그러나 위니프리드와 소여 노파는 그들보다 높은 계급의 여성들이 보여주지 못한 전략적 대응(연극적 수행)과 저항 정신으로 그들을 옭아매고 있던 사회의 장애물들을 뛰어 넘는다. 그래서 그들은 수전처럼 억울한 죽음을 당하지도 않으며, 캐서린처럼 불안 속에서 매정한 남편과의 힘든 결혼생활을 견뎌내지도 않을 것이다. 소여 노파는 죽더라도 사회에 일격을 가해 스스로 자정의 노력을 할 수 있는 여지를 남기고 떠나며, 과부가 된 위니프리드는 과부로서 가부장제 사회에 편입된 것이므로 가부장 질서를 유지하는 데 일조하지만 개인적으로는 매정한 남편의 지배에서 벗어나 당당하게 자신의 삶을 노정해갈 것으로 보인다.

참고문헌

1차 자료

Rowley, William, Thomas Dekker, John Ford, & C. *The Witch of Edmonton.* *Three Jacobean Witchcraft Plays.* Ed. Peter Corbin & Douglas Sedge. Manchester UP, 1986. 143-209.

2차 자료

Amussen, S. D. "Gender, Family, and the Social Order, 1560-1725." *Order & Disorder in Early Modern England.* Ed. Anthony Fletcher & John Stevenson. Cambridge UP, 1985. 196-217.

Butler, Todd. "Swearing Justice in Henry Goodcole and *The Witch of Edmonton.*" *Studies in English Literature, 1500-1900* 50 (2010): 127-45.

Dolan, Fances E. *Dangerous Familiars: Representations of Domestic Crime in England 1550-1700.* Cornell UP, 1994.

Froide, Amy M. "Martial Status as a Category of Difference: Singlewomen and Widows in Early Modern England." *Singlewomen in the European Past, 1250-1800.* Ed. Judith M. Bennett and Amy M. Froide. U of Pennsylvania P, 1999. 236-69.

Harris, Jonathan Gil. *Foreign Bodies and the Body Politic: Discourses of Social Pathology in Early Modern England.* Cambridge UP, 1998.

Korda, Natasha. *Shakespeare's Domestic Economies: Gender and Property in Early Modern England.* U of Pennsylvania P, 2002.

Levack, Brian P. *The Witch-Hunt in Early Modern Europe.* 1987. 2nd Edition. Longman, 1995.

Macfarlane, Alan. *Marriage and Love in England 1300-1840.* Basil Balckwell, 1986.

McNeill, Fiona. *Poor Women in Shakespeare*. Cambridge UP, 2007.

Mendelson, Sarah, and Patricia Crawford. *Women in Early Modern England 1550-1720*. Oxford UP, 1998.

Pound, John. *Poverty and Vagrancy in Tudor England*. 1971. 2nd Edition. Longman, 1986.

Purkiss, Diane. *The Witch in History: Early Modern and Twentieth-Century Representations*. Routledge, 1996.

Sharpe, James. *Instruments of Darkness: Witchcraft in Early Modern England*. U of Pennsylvania P, 1996.

Stymeist, David. "'Must I Be . . . Made a Common Sink?': Witchcraft and the Theatre in *The Witch of Edmonton*." *Renaissance et Réforme* 25.2 (2001): 33-53.

Underdown, D. E. "The Taming of the Scold: the Enforcement of Patriarchal Authority in Early Modern England." *Order & Disorder in Early Modern England*. Ed. Anthony Fletcher & John Stevenson. Cambridge UP, 1985. 116-36.

Wiesner-Hanks, Merry E. *Women and Gender in Early Modern Europe*. 2008. 3rd Edition. Cambridge UP, 2011.

마르크스, 칼. 『자본론』 제 1권 (하) 1867. 제2 개역판. 김수행 옮김. 비봉출판사, 2001.

버틀러, 주디스. 『혐오발언』. 1997. 유민석 옮김. 알렙, 2016.

토마스, 키스. 『종교와 마술, 그리고 마술의 쇠퇴』 3권. 1971. 이종흡 옮김. 나남, 2014.

페데리치, 실비아. 『캘리번과 마녀』. 2004. 황성원 · 김민철 옮김. 갈무리, 2011.

3장

여성 마법사 혹은
여성 예술가의 복원을 위하여
아서 밀러의 『시련』

1. 가부장적 텍스트 거슬러 읽기

여성 영화 비평가 로라 멀비(Laura Mulvey)는 여성이 남자 주인공 내러티브의 성적 대상물로 그려진 전통적 할리우드 영화를 관람하면서 재미를 느낀다면, 그녀의 시선은 이미 남성화된 시선이라고 지적한다. 나아가 멀비는 여성 관객이 진정으로 여성의 시선으로 재미를 느낄 수 있으려면 여성의 주체성을 빼앗는 남성적 내러티브 패턴을 단절시켜야 한다고 주장한다(111-23). 연극 비평가 질 도란(Jill Doran)도 모든 재현 예술 중에서도 위대한 걸작으로 추앙받는 작품일수록 당대의 사회적 이데올로기를 자연스럽게 신비화시키고 있어 그 이데올로기를 해부해 다시 읽을 필요가 있다고 역설한다. 문학 비평가 캐서린 벨지

(Catherline Belsey)도 어느 면에서 멀비나 도란의 논의를 이어가며, 있는 그대로 사회를 묘사하는 리얼리즘 문학 작품이 그 사회의 언어, 문화, 기호, 상징 속에 깃든 이데올로기에 완전히 감염되어 있다는 것을 독자가 알아야 한다고 역설한다. 이 주제에 대한 구체적인 논의는 캐스린 맥러스키(Kathleen McLuskie)가 계승한다. 맥러스키는 한 사회의 이데올로기가 아주 자연스럽게 내재되어 전혀 눈에 띄지 않는 걸작인 셰익스피어의『리어 왕』의 경우를 예를 들며, 여성이 '정말 이 비극을 즐기는 일이 가능할 수 있을까?' 의구심을 표한다. 맥러스키의 설명에 따르면,『리어 왕』의 비극적 틀 자체가 리어 왕의 관점이 곧 인간 본성이며 진리라고 설득하며, 여성을 리어 왕이 겪는 여정 속에 동참시키고 남성적으로 정의 내려진 고양된 비극적 감정과 남성적 의미의 정신적 성숙을 경험하도록 유도한다는 것이다. 맥러스키는 여성의 입장에서『리어 왕』을 읽으려면 셰익스피어가 제시한 비극적 경험을 포기하고 심지어는 극의 플롯 구조까지 해체해야 한다고 주장한다.

이 글은 맥러스키가『리어 왕』에서 제안했던 저항의 독서를 아서 밀러(Arthur Miller, 1915-2005)의『시련』(The Crucible, 1953)을 통해 시도해 보고자 한다. 즉『시련』이 칭송하는 (보통 사람의 숭고한 비극적 정신을 구현하는) 주인공 프록터(Proctor)의 숭고함 혹은 영웅성에 의문을 표하고, 이 극에서 마녀화/악마화 된 여성 인물 애비게일(Abigale)을 새로운 시각에서 읽어내고자 한다. 밀러는 왜곡된 가부장적 시선과 편견으로 애비게일을 프록터를 비극으로 몰아넣는 '악녀'로서 확고하게 위치시키는데, 이 글은 밀러에 의해 왜곡된 '악녀' 애비게일을 작가의 의도를 거슬러 '욕망을 표현하는 주체적인 여성' 혹은 '창조적 예술가형 여성'

애비게일로 복원할 수 있는 기반을 마련해 본다. 이를 위해 이 글은 밀러의 텍스트인『시련』의 표면에 잘 드러나지 않는 구멍을 들여다보고, 또 밀러가 무의식적으로 넣은 대사나 지문에 확대경을 대어 다시 읽어보는 작업을 시도한다. 하지만 애비게일에게서 밀러의 텍스트『시련』이 강요하는 '악녀' 이미지를 벗기는 데는 한계가 있다. 이 글은 이 한계 때문에 애비게일을 완전히 복원시키지는 못한다. 그러나 애비게일 유형의 여성들에 대한 새로운 해석의 장을 열 수 있다는 희망으로, 애비게일을 새롭게 읽을 수 있는 기틀을 마련하는 첫 발을 내딛는다.

2. 정말 프록터가 위대한 비극적 영웅이고 애비게일은 '악녀'일까?

비평가들은 밀러가 이 극에서 1692년 미국 뉴잉글랜드 청교도 사회를 1952년 미국의 맥카시즘(McCarthism)과 연결시키면서 청교도 사회의 신정체제의 권력 작동 기제와 1950년대 초반 공산주의자 색출 작동 기제 간의 유사성을 드러냈다는 데 의견을 모은다. 한 사회가 그 지배 논리에 어긋나는 자들을 주변화하고 희생시키는 외압의 기제들을 가시화한 이 극을 통해 밀러가 이 극의 근본 임무를 통렬한 정치 비판으로 삼았다고 본 것이다. 비평가들이 지적하듯이 이 극에서 밀러가 신정정치의 주요 권력 유지 방식인 독선적 마녀재판 과정, 즉 "정책이 도덕과 동일시되고 그 도덕에 반대되는 것이 악마적인 악의와 동일시되는"[1] 과정을 가차 없이 폭로하는 것은 확실하다. 이 점에서 이 극은 사회비판극이라고 할 수 있다.

『마녀 잡는 망치』(1669년) 표지

한편 이 극의 원전이 17세기 말 미국 세일럼(Salem)에서 실제 벌여졌던 마녀재판이라는 점은 이 극을 역사극으로 분류하는 데도 일조한다. 밀러는 이 마녀재판을 다룬 정통 역사책에 의거해 마녀재판의 역사를 그대로 이 극에 재현하고자 애썼다. 이 극 속 인물들은 역사책의 인물들과 정확히 같거나 비슷하고, 그 역할도 유사하다.

그러나 밀러는 이 극을 집필하면서 1486년 두 신학자에 의해 집필된 이후 서구 기독교의 여성혐오를 영속화시킨 『마녀 잡는 망치』(*Mallus Maleficaum, Hammer of Witches*)의 1948년 영어 번역본을 참고했다(Schissel 462). 따라서 이 극의 소재가 된 17세기 말 미국의 세일럼에서 벌어진 마녀재판은 실은 중세 이후 유럽 전반에 확산되었던 마녀재판의 긴 역사를 배후에 안고 있다고 할 수 있다. 또한 밀러는 이 극을 리얼리즘 형식으로 재현함으로써 독자나 관객이 자연스럽게 주인공 프록터의 눈을 통해서 이 극을 감상하도록 유도한다. 밀러에 의해 자연스럽게 프록터의 입장에 선 독자나 관객은 자신을 프록터와 동일시하며 마녀재판을 실행하는 권력자의 불의에 분노하고 프록터와 그와 함께 마녀재판에서 희생당하는 자들의 편에 서서 눈물을 흘린다. 이런 의미에서 밀러의 이 극은 청교도 신정체제

---

1) 이 작품의 인용은 *The Crucible* (Penguine, 1981)에 따르며, 이 인용문은 84쪽이다. 앞으로도 이 책 본문 인용은 원문 없이 필자의 번역만 제공하며 쪽수만 적는다.

억압의 근원적 구조를 밝히는 사회비판극이나 역사적 소재를 취한 역사극이라기보다는 세일럼의 청교도 권력에 의해 억압당하고 희생당하는 보통 남자 프록터의 비극이라고 보는 것이 더 타당하다.

이 비극의 중심 플롯은 프록터의 진실 밝히기 작업과 이를 막기 위한 두 가지 전략이다. 하나는 애비게일의 이교적이며 연극적인 전략이요, 다른 하나는 청교도 신정정치가 펼치는 재판 전략이다. 욕정과 질투심에 불타는 애비게일의 마녀 연극과 청교도 신정정치의 마녀재판으로 애비게일의 연인이자 17세기 말 미국 청교도 사회를 비판하는 프록터가 마녀의 우두머리로 고발되어 비극적 운명을 걷는다. 그러나 정말 프록터의 비극의 근본 원인이 불의와 거짓으로 가득 찬 법정과 욕망하는 여성 애비게일의 연극일까? 반드시 그렇지는 않다. 법정과 애비게일의 악마화 이면을 살펴보면, 서구 기독교 가부장제의 정치 내

부에 작동하는 '진실' 추구 이데올로기가 있으며 이것이 법정의 진실고백과 여성 악마화와 연결되어 있다는 것을 발견할 수 있다. 진실을 밝혀내야 할 임무를 띤 법정은 진실을 얻기 위해 고백에 의존하지만 결국 거짓을 이끌어낼 뿐만 아니라 애비게일의 거짓을 진실로 오인하기까지 한다. 이런 불의를 목도한 프록터가 진실을 드러내기 위해 가부장제 남성의 최고 덕목인 명예를 포기하고 죽음까지도

『시련』 책 표지

불사해 법정에 나와 고백한다. 진리 추구, 거짓 없는 삶, 양심을 최고의 덕목으로 보는 기독교 가부장제의 관점에서 이런 행위는 영웅적인 행위로 칭송받을 만하다. 밀러는 이 극에서 양심의 고백을 통해 밝혀지는 진실과 정치적 기제로서의 자백을 통해 나오는 진실의 탈을 쓴 거짓을 철저하게 구분하고, 전자의 진실을 칭송하는 한편 후자의 진실의 탈을 쓴 거짓을 객관과 과학의 이름으로 자행되는 권력 기제로 신랄하게 비판한다.

그러나 내면, 영혼, 개인 중심의 기독교 전통을 이어받으며 20세기 전반부를 살아온 밀러는, 프록터의 '진실' 추구에 대해서만은 예리한 통찰력을 갖지 못했다. 밀러는 이 극에서 프록터의 양심, 죄의 고백, '진실' 추구의 열정을 비극적 클라이맥스를 향해가는 주요 요소로 배치했다. 그리하여 관객이나 독자인 우리는 프록터가 자신의 간음에 대해 양심의 가책을 느끼는 모습, 자신의 명예를 대가로 간음죄를 고백하는 장면, 목숨을 내걸고 악마와 악마술이 존재하지 않는다는 사실을 폭로하는 순간 등을 차례로 지켜보며, 주인공 프록터를 중심으로 전개되는 밀러의 비극적 서사에 이끌린다. 나아가 프록터의 내적 갈등과 용기, 목숨을 담보로 '진실'을 추구하는 열정에서 인간의 위대함을 발견하고 프록터의 내면적 승리에서 고양된 비극적 감정을 느낀다.

그러나 정말 프록터는 위대한 인물일까? 프록터가 추구하는 '진실'이란 무엇일까? 이 극에서 밀러가 설정해 놓은 틀에 따르면, '진실'이란 마음속의 생각을 가식 없이 드러내는 일, 겉과 속을 일치시키는 일, 가면과 위장을 벗어던지는 일, 거짓말을 하지 않는 일이며, 이 정의를 따르는 프록터는 위대한 비극적 영웅이다. 그런데 여기서 프록터의

'진실' 추구가 바로 기독교의 교리이자 정치적 기제임을 상기할 필요가 있다. 중세 이후 기독교는 고해성사라는 의식을 통해 신도들이 마음속 생각이나 자신의 행동을 거짓 없이 표현하는 일이야말로 진리를 추구하는 일이라고 강조해왔고 고해성사 의식을 없앤 청교도도 엄밀한 의미에서 이 '진실' 추구를 중심 교리로 삼았다. 그러나 미셸 푸코(Michel Foucault, 1926-1984)의 주장대로, 진실을 말하는 기독교의 고백 의식은 신도들을 죄로부터 해방시키는 성스러운 의식이 아니라 그들을 구속하기 위해 마련한 정치적 기제이다.[2]

프록터는 고백을 통해 마음속 죄는 물론 자신의 생각을 숨김없이 표현하면서 자신을 진리의 수호자, 정직한 인간, 양심이 바른 인간이라고 자부하지만, 이는 프록터가 기독교의 고백 문화를 내면화하고 자신을 마녀로 몰아 희생시킨 기독교 이데올로기에 포섭된 것을 의미한다. 어떤 의미에서 프록터는 청교도 이데올로기가 설정한 순교자 및 성자 이미지에 자신을 억지로 맞추는 셈이다(Budick 138). 특히 프록터는 기독교 교리에 따라 애비게일에 대한 자연스러운 자신의 감정을 사악한 것이라고 고백함으로써 자신을 청결한 마음을 가진 성자요 도덕적인 인물로 신비화한다. 밀러는 프록터를 청교도의 위정자들이 선량한 마을 사람들을 마녀로 고발하는 것에 반발하고 권력 행사와 불의의 현장인 법정에 항거하는 저항적 인물로 그려냈다. 하지만 사실상 그는 '진실'의 고백에 기초한 기독교 전통을 세일럼의 청교도 법정보다 훨씬 더 충실히 이어받고, 기독교 교리를 누구보다 잘 따르는 기독교

---

2) Foucault 17-73; 이상길 (68-69, 79-83) 참조.

인이라고 볼 수 있다.

프록터가 애비게일을 불신하는 근원에는 청교도 교리가 자리 잡고 있다. 프록터는 청교도 교리에 따라 애비게일의 연기와 거짓말을 부정적으로 본다. 청교도들에게 허구 세계는 쓸데없는 놀이에 불과하며, 연극적인 축제나 디오니소스적 요소를 지닌 광란은 금지된 죄악이다. 따라서 청교도들에게 가면, 위장술, 상상, 춤과 노래 등은 악마나 죄와 연관된다. 여기서 우리는 다음과 같은 질문들을 던질 수 있다. 정말 고백만이 '진실' 추구의 방식이며, 허구 창조의 방식으로는 '진실'을 추구할 수 없는 것인가? 거짓과 가상에 기초한 소설이나 연극이 보다 더 '진실'하지 않은가? 소설이나 연극은 허구를 통해 즐거움을 선사해주면서 오히려 현실을 더 있는 그대로 그려내지 않는가? 만약 고백이 내면세계를 언어화하는 수단이라면, 축제나 제의식은 몸으로 우리의 내면을 드러내고 고백보다 더 생동감 있게 생명의 에너지를 전달하지 않는가? 진심을 말해야 한다는 기독교 교리가 신자들의 생명을 빼앗아 간다면, 그리고 그들의 지나친 희생을 요구한다면 그것은 '진실'이 아닐 것이다. 이러한 맥락에서 거짓말이 생명의 존엄성을 인정하고 삶을 긍정적으로 이끈다면, 거짓말이 진실보다 더 귀중하다고 지적하는 해일(Hale) 목사의 말은 의미심장하다. (이를 보면, 밀러가 무의식적으로는 경우에 따라 거짓말이 진실보다 귀중한 것을 알고 있었던 듯하다.)

당신에게 희생을 요구하는 법은 잘못된 법입니다. 생명, 여성, 생명은 하느님의 가장 귀중한 선물입니다. 그러나 그 아무리 영광된 원리 원칙이라 할지라도 그것이 생명의 갈취를 정당화시킬 수는 없을 것입니다. 그가 거짓말을 하게 하십시오. 그 거짓말 때문에 하느님 앞에서 움츠리고 기가 죽어 있을 필요는 없습니다. 왜냐하면 하느님께서는 거짓말을 저주하시기보다는 자만심 때문에 자신의 생명을 던지는 자를 더욱 더 저주할 것이 당연하기 때문입니다. (132)

허구, 거짓, 가면, 환상, 축제에 대한 기독교의 불신이 애비게일의 허구적 연기술과 거짓말에 대한 프록터의 불신으로 이어진다. 이 극에서 밀러는 프록터 비극의 중요한 원인으로 마녀재판이외에 애비게일의 마술 연기와 거짓말을 지목한다. 밀러는 애비게일을 기만, 위장, 거짓말의 화신이요, 연기와 축제의 여왕, 욕망으로 가득 찬 여성, 악마, 창녀로 그려낸다. 말하자면 밀러는 애비게일을 프록터나 기독교의 '진실' 추구와 고백의 교리와 정반대되는 '허구적 디오니소스 정신'의 소유자로 설정한다.

애비게일이 마을 소녀들과 숲속에서 나체로 춤을 추고 수행했던 디오니소스적 놀이는 '허구, 환상, 축제, 놀이'의 차원으로서, 사실 청교도의 진실 추구 이데올로기만 아니라면 제약받고 단죄 받아야 할 영역이 아니다. 애비게일도 자신이 마을 소녀들과 숲 속에서 춤을 춘 것을 여가 시간에 가진 일종의 스포츠요 놀이이자 의식(儀式)이었다고 분명하게 밝힌다. 물론 교회의 위정자들과 달리, 프록터는 이러한 이교적 의식이 악마의 행각이 아니라 단순한 놀이에 불과했다는 것을 잘 알고 있다. 이 점에서 그는 다른 청교도들과 구별된다. 그러나 밀러의 창조물로서 밀러의 왜곡된 생각을 체화하는 프록터는 다른 청교도 권위자들처럼 애비게일이 거행한 의식의 환상적, 연극적, 디오니소스적 차원을 긍정적으로 받아들이지 못한다. 프록터는 밀러의 대변인이 되어 '놀이는 허구의 세계에 속하는 속임수이며 타인을 파멸에 이르게 하는 사악한 것'이라는 등식을 적용한다.

FHC 『시련』 공연 사진 (2019)[3]

애비게일이 법정에서 벌인 마술 연기는 법정 관객의 공포와 불안감을 이끌어내며 진실보다 더 엄청난 힘을 발휘한다. 애비게일은 연극의 경이로운 효과를 잘 이해하고 있으며 이를 법정에서 효과적으로 활용한 것이다. 그녀의 법정 연기는 설득력이 넘쳐, 청교도 법정의 위정자들은 이 애비게일의 연극에 의존해 마을 사람들은 물론 프록터와 그의 부인 엘리자베스(Elizabeth)를 마녀로 지목한다. 여기서 밀러는 애비게일의 연기에 속은 법정 청교도 위정자들을 비판할 뿐 아니라 애

---

3) 출처: https://thecentraltrend.com/76265/opinion/fhcs-production-of-the-crucible-was-a-success-due-to-immense-passion-and-utter-talent/

비게일의 연기 혹은 연극을 프록터와 마을 사람들을 희생시키는 악마적 행위로 비판한다. 밀러에게 애비게일은 프록터를 엘리자베스에게서 빼앗기 위해 엘리자베스를 속이고 그녀에게 해를 가하기 위해 연기를 도입하는 악녀인 것이다. 밀러는 프록터의 진실, 깨끗한 영혼, 고백의 정신에 위배되는 모든 것을 애비게일에게 육화시킨다. 이로써 애비게일은 거짓과 불의에 가득 찬 법정과 더불어 진실의 화신 프록터를 파멸에 이르게 하는 악의 상징으로 부각된다. 이런 가운데 밀러는 애비게일의 내적 갈등을 극화하지 않거나 상대적으로 약화시킨다. 내면에서 인간적인 갈등을 경험하고 고뇌하는 프록터와 달리 애비게일은 내면을 결여한 비인간적인 이미지로 제시될 뿐이다.

밀러의 반연극주의는 반여성주의와 불가분의 관계를 맺고 있다. 여성은 이성을 결여하고 성적 욕망이 강하며 거짓말을 잘하고 간계에 능하다는 서구 기독교 가부장제의 여성혐오적 태도는 허구, 거짓, 연극, 이교적 축제에 대한 불신과 긴밀히 연결되어 있다. 게다가 밀러는 이 극을 쓰면서 『구약성서』의 「전도서」를 기초로 기독교의 '악마적인 마녀 행각의 근원지는 바로 여성의 육체적 욕정이다'라는 여성혐오적 신념을 명문화한 『마녀 잡는 망치』를 염두에 두고 있었다. 이 때문에 이 극에서 이 반연극주의와 반여성주의는 더 긴밀히 결합된다.

애비게일은 바로 밀러의 이러한 반연극주의와 반여성주의의 융합을 가장 잘 예시하는 인물이다. 밀러는 애비게일을 연극을 주도하여 허구 세계를 만들어 내는 거짓말쟁이이면서 동시에 남성을 유혹하는 전형적인 '팜므 파탈'(femme fatal)로 제시한다. 말하자면 밀러는 프록터에 대한 애비게일의 육체적 욕망을 이 극에서 벌어지는 마녀재판의 가장 중요한 원인으로 설정한다. 밀러는 애비게일을 소개하면서 "눈에 띄게 아름다운 소녀 . . . 그녀는 위장에 대한 무한한 능력을 지녔다"(8-9)는 점을 강조한다. 프록터는 여러 번 그녀를 욕정에 불타오르는 "갈보"(109, 110), "매춘부"(111), "사악한 화냥년"(152)이라고 부른다. 법정에 출두하여 자신과 애비게일의 간통 행위를 자백하려 했을 때 프록터의 근본 의도는 애비게일을 창녀로 지목하기 위한 것이다(152). 밀러는 이 극을 수정하면서 첨가한 「후기」에서 패리스의 집에서 도망친 애비게일이 보스턴의 창녀가 되었다는 지문을 덧붙이는데, 이는 애비게일의 창녀 이미지를 더욱 고착화시킨다(146). 나아가 밀러는 프록터와 애비게일의 간통 원인을 애비게일의 기만, 속임수, 욕정에서만 찾는다. 일례로, 애비게일이 프록터의 하녀 메리 워렌(Mary Warren)을 시켜 엘리자베스를 마녀로 만드는 계략을 꾸밀 때 프록터가 저지른 간통의 죄는 간과되고 애비게일의 사악한 복수심만 강조된다.

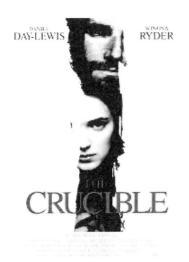

영화 〈크루서블〉(1996) 포스터 속 프록터와 애비게일

그러나 애비게일이 정말 프록터에게 추파를 던진 유혹녀요 간계와 술책으로 가득 찬 거짓말쟁이에 불과할까? 애비게일은 자신을 노리개쯤으로 여기고 놀았던 것이 아니냐며 프록터를 공격할 때 욕정을 통제하지 못하고 자신에게 다가와 유혹하기 시작했던 사람이 바로 프록터라는 점을 분명히 밝힌다. "전 당신이 당

신 집 뒷마당에서 제 뒤로 달려들었다는 사실을 압니다. 그리고 제가
가까이 다가설 때마다 종마처럼 땀을 흘렸지요"(22)라든지 "나를 잠에
서 깨워 데리고 갔으며 내 가슴 속에 지식을 집어넣어준 사람은 바
로 당신 존 프록터였어요!"라는 애비게일의 항변에서 우리는 밀러가
자신도 모르게 애비게일의 고통에 동정하고 프록터의 도덕성에 의문
을 제기하는 것을 엿본다. 프록터는 이 같은 애비게일의 말을 부인하
지 않는다. 밀러는 이 극 여기저기서 애비게일의 성적 욕망과 지식이
그녀의 타고난 본질인 것처럼 묘사하고 있지만, 사실 이 애비게일의
통렬한 지적처럼 그녀가 성에 관한 지식을 처음 접하게 된 것은 프
록터를 통해서였다. 여기서 애비게일은 한 걸음 더 나아가 프록터의
위선, 특히 세일럼 마을의 위선까지도 비판한다. 겉과 속의 일치, 진
실한 양심을 최고의 덕목으로 믿고 있던 프록터의 위선이 애비게일
에 의해 폭로될 때 우리는 진짜 거짓말쟁이가 누구였는지 의문을 품
게 된다. 애비게일은 "저는 세일럼이 얼마나 위선에 가려져 있는지,
. . . 이곳의 모든 기독교 여성들과 신앙의 서약을 맺은 남성들에게
서 배웠던 교훈이 거짓임을 전에는 알지 못했어요"(24)라고 밝힌다.
교리에 어긋나는 줄 알고 책임질 수 없으면서도 간음한 위선자 프록
터보다 성적 욕구와 사랑을 위해, 사랑하는 자를 남편으로 얻기 위해
연극과 술책을 쓰는 애비게일이 혹시 더 정직한 것은 아닐까? 「후기」
에서 밀러는 애비게일이 얼마나 프록터에 대한 그리움과 연적인 엘
리자베스 때문에 심리적 고통을 받고 있는지를 묘사하며 애비게일의
내적 갈등을 보여준다. 이 장면에서 애비게일은 프록터를 사랑한다
는 것에서 죄의식과 부끄러움을 느끼기도 했지만 가난한 사람을 돕는

등의 선한 행동을 과시하면서 속마음으로는 죄를 짓는 마을의 청교도 위선자보다 자신이 낫다는 것을 알게 되었다고 고백한다. 여기서 우리는 애비게일이 최소한 감정의 측면에서는 정직했다는 것을 발견한다.

> 제 스커트가 바람결에 날려 들려질 때 저는 제가 지은 죄 때문에
> 흐느껴 울곤 했습니다. 어느 나이 드신 레베카라는 분이 제가 헤프
> 다고 말씀하셨기 때문에 저는 부끄러워서 얼굴을 붉히곤 했습니다.
> 그런데 당신이 저의 이 무지를 훨훨 태워 보냈습니다. 저는 그들이
> 12월의 나무처럼 앙상하다는 것을 알게 되었습니다−저는 그들 모
> 두가 마치 성자처럼 교회로 걸어오고 병든 자들에게 음식을 주기
> 위해 달려오지만 마음속에서는 위선자들에 불과하는 것을 알게 되
> 었습니다. 그리고 하느님께서는 제게 이들 모든 사람들을 거짓말쟁
> 이들이라고 부를 수 있는 용기를 주었습니다. (150)

애비게일은 여기서 자신의 마술 행각과 거짓은 "위선자들로 가득 찬 세상"(150)에 대한 반격이라는 점을 간접적으로 암시한다. 「후기」에 첨가된 애비게일의 마지막 대사에서 드러난 프록터는 애비게일을 사랑하고 있으면서도 결혼의 의무감 때문에 부인 곁에 남아 있는 위선자에 불과하다(152). 그러나 밀러는 이 극 내내 프록터를 양심의 가책과 죄의식에 시달리며 고뇌하는 비극적 주인공으로 설정하고, 애비게일이 프록터의 "선의"를 인정하게 만듦으로써(150) 프록터의 위선적 행위를 감춘다.

프록터의 '진실' 추구는 그의 부인 엘리자베스와의 관계에선 더욱 위선적이다. 그는 그녀에게 법정에 가서 진실을 밝히겠다고 말하지만

영화 〈크루서블〉(1996) 포스터 속 프록터와 애비게일

자신이 패리스(Paris) 목사의 집에서 애비게일과 함께 있었던 일에 대해선 거짓말을 한다. 법정에서 진실을 밝히는 일에는 목숨까지 바치려 했던 프록터의 이 같은 태도는 그의 '진실' 추구가 공적 영역에만 한정될 뿐 여성과의 관계에는 적용되지 않는다는 점을 부각시킨다. 밀러는 진실한 프록터를 비호하기 위해 프록터의 거짓말이 엘리자베스에게 고통을 주지 않기 위한 선의의 거짓말이라고 관객과 독자를 설득시키지만, 밀러의 의도를 거슬러 읽으면 프록터의 말은 자기합리화에 불과하다는 것이 분명하다. 프록터는 부인에게 모든 죄과를 털어놓았으므로 자신은 진실하다고 스스로를 정당화한다. 그러나 정말 프록터의 죄가 고백을 통해 소멸될 수 있는 종류의 죄일까? 만약 진정으로 프록터가 죄를 후회했다면, 고백 후 말과 행동 사이의 일치를 보여주었어야 했다. 그러나 자백을 했으므로 자신은 진실하다고 말하는 순간에도 프

록터는 거짓말을 한다. 그는 그 순간에도 여전히 애비게일을 정리하지 못해서 가끔 애비게일에 대한 달콤한 생각을 하고 있으며, 그녀를 만나면 얼굴에 미소를 띤다. 또한 그가 법정에 가고 싶지 않은 것은 전적으로 애비게일 때문인데, 그는 이에 대한 양심의 가책으로 엘리자베스를 비난한다. "내가 이 집에 들어올 때 나는 마치 법정에 들어서는 기분을 느껴요. 나는 여기서 매순간 거짓말한 사람으로 의심받고 판결받고 있단 말이오!"(54-55) 여기서 프록터는 자신이 자백을 했는데도 부인 엘리자베스가 죄를 용서해주지 않는다면 잘못은 자신이 아니라 엘리자베스에게 있다고 책임을 전가한다. 이런 맥락에서 프록터의 고백은 그를 진실한 사람으로 만들지 못한다고 할 수 있다.

프록터가 부인과의 관계에서 정직하지 못하다는 사실이 드러난다면, 이 극에서 의도했던 법정의 불의와 악녀 애비게일의 거짓과 유혹에 항거하여 목숨을 걸고 싸운 진실한 프록터의 숭고한 비극 구도는 존재할 수 없게 된다. 그렇다면 이 극은 도대체 무엇을 극화하고 있는 것일까? 프록터 중심의 구도에서 빗겨 나와 이 극을 바라보면, 전복적 여성 애비게일의 (계급 격차 때문에, 일부일처 결혼제도 때문에 이루어질 수 없는) 프록터와의 사랑 혹은 불륜 관계, 그리고 애비게일의 엘리자베스와의 적대적 관계라는 이야기 실타래를 찾을 수 있다. 여기서 여성을 학대하며 이중 기준을 가지고 가정 밖에서 욕망을 실현하면서도 가부장제 가정에 충실한 프록터의 모습이 드러나며, 무엇보다 천사와 마녀로 양분되어 있는 전통적 여성상과 한 남자를 중심에 두고 두 여성이 대결하는 삼각구도가 한눈에 들어온다. 이 내러티브 속에서 엘리자베스와 애비게일 두 여성은 서로가 프록터의 정식 부인이 되기 위해 한

판 승부를 건다. 엘리자베스는 프록터에게 "제가 당신의 유일한 부인이 될 것입니다. 그게 안 되면 차라리 부인 자리를 아예 포기하겠어요"(62)라고 외치고, 애비게일의 최종 목표 역시 프록터의 부인이 되는 것이다. 이 목표 달성을 위해 애비게일은 심지어 주술 혹은 주술적 연극의 도움으로ㅡ한 번은 흑인 노예 티튜바(Tituba)의 인솔 아래 숲에서, 다른 한 번은 그녀의 연출과 계략으로 법정에서ㅡ엘리자베스를 죽이는 의식을 거행하거나 계략을 꾸민다. 사실 밀러는 이러한 가부장적 삼각구도를 공고하게 만들기 위해, 역사를 왜곡하지 않으려는 그의 의도에도 불구하고 애비게일의 나이를 실제 역사적 인물의 나이보다 올려 열일곱 살로 설정했다. 또 1953년 수정판 「후기」에 애비게일과 프록터의 밀회 장면을 추가했다.

3. '악녀' 이미지를 벗은 새로운 애비게일의 탄생을 위하여

샌드라 길버트와 수전 구바(Sandra M. Gilbert and Susan Gubar)가 『다락방의 미친 여자들』(The Madwoman in the Attic, 1979)에서 전개한 논의의 틀을 빌려 결론을 이끌어본다. 길버트와 구바는 서구 남성 작가들의 작품 속에는 여성이 천사 형과 괴물 형 여성, 즉 동화 『백설공주』에 전형화된 '착한 백설 공주 형' 여성과 '사악한 여왕 형' 여성으로 양분되어 나타난다고 논의한다. 그런 후 이 두 여성 형 사이의 대조와 갈등에 대해 밀러와는 현격히 다른 해석을 제공한다.

여왕은 계략을 꾸미는 자, 이야기꾼, 음모꾼, 예술가, 배우, 무한한 창조적 에너지를 지닌 여성이며, 전통적으로 모든 예술가가 그러했듯이 재치 있고, 의지가 강하고, 자기도취적이다. 한편 완벽한 정절, 얼어붙을 것만 같은 순진성, 달콤한 무익성의 옷을 입은 백설 공주는 '명상적 순수성'의 이상을 정확하게 대변한다. 신화에 나타난 집안의 천사로서 백설 공주는 어린이(여성 천사들은 항상 어린이 같고, 유순하고, 복종적이다)일 뿐만 아니라 '아무런 이야기도 갖고 있지 않은' 삶의 여주인공이다. 그러나 어른이며 악마적인 여왕은 단순히 '의미 있는 행동'으로 가득 찬 삶, 본질적으로 . . . . '비여성적인' 삶으로 비춰지는 삶을 원한다. (38-39)

『시련』의 두 여성인물, 엘리자베스와 애비게일은 나이와 딸/엄마 역할이 바뀐 '백설 공주 형'과 '여왕 형'이라고 할 수 있다. 밀러의 눈에는 마녀/창녀/거짓말쟁이로 비춰질 '여왕 형' 애비게일이 여기서는 무한한 창조력을 부여받은 생동감 넘치는 전략가, 마녀, 예술가로 칭송받는다. 길버트와 구바의 틀로 보면, 애비게일은 끊임없이 자신을 변신시키며 이야기를 꾸며가는 예술가, 마녀, 전략가이다. 한편 '백설 공주 형' 엘리자베스는 시종일관 침묵을 지키는 순진한 어린이 혹은 천사에 비유된다. 또 길버트와 구바는 전략가이며 마녀인 여왕이 천사 백설 공주를 죽이는 모티브가 두 여성의 질투와 경쟁 때문이라고 해석해서는 안 된다고 주장한다. 이들에 따르면, 이 모티브는 순종, 희생, 침묵으로 대변되는 여성성에서 벗어나 책략을 사용해서라도 진취적으로 새로운 삶을 개척해가는 '여왕 형'이 되어야 한다는 의미로 해석되어야 한다. 이 경우 애비게일은 긍정적인 인물로 변모할 수 있으며, 애비게일과 엘리자베스의 적대관계도 사라질 수 있다. 그리하여 애비게일이 엘리자베스를 죽이려고 한 계략들은 자신 속의 순종적인 여성성을 지워버리려는 시도로 읽혀질 수 있다. 이렇게 밀러의 기독교 가부장제의 편견을 제거한 새로운 관점에서 이 극을 읽어낼 때 순진무구한 엘리자베스가 책략과 지혜를 겸비한 적극적인 여성 애비게일로 성장하고, 적극적인 애비게일이 소극적인 엘리자베스를 교육하는 내러티브 틀을 상상할 수 있다. 이 새로운 내러티브에서 애비게일은 남성 욕망의 대상이 되지 않고 주체적으로 욕망을 실현하는 대담하고 자유분방한 여성(프록터와의 사랑에서), 여성만의 집단적 축제를 주도하면서 자신들만의 심리적인 문제를 해결하는 여성 치유자(숲속에서 벌린 나체 춤 속에서), 동료들을 배우로 기용하여 멋진 연극을 공연할 수 있었을 여성 연출가(법정에서 보여준 집단 연극에서)로 돋보일 수 있는 긍정적인 인물로 변신하게 된다.

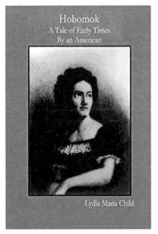

Hobomok
A Tale of Early Times
By an American

Lydia Maria Child

리디아 마리아 차일드의 『호보목』 최근 판 (2019) 속 리디아 마리아 차일드

여성의 입장에서 청교도 역사를 서술하고 여성의 마술을 긍정적으로 평가하는 좋은 예가 있다. 미국의 여성 작가 리디아 마리아 차일드(Lydia Maria Child, 1802-1880)는 소설 『호보목』(*Hobomok*, 1824)에서 미국의 청교도 역사를 청교도 변방에 위치한 여성과 인디언의 관점에서 다시 썼다. 이 소설은 여성들이 자연과의 교섭을 통해 만들어내는 이교적 문화를 자연의 순환과 생명의 원리에 기초한 사

랑의 상징으로 묘사하며 성과 마술을 금기시하는 기독교를 비판한다. 이 소설의 주인공 메리(Mary)는 기독교 문화의 경계를 넘는다는 면에서 애비게일과 유사하다. 하지만 밀러가 애비게일을 마녀이자 창녀로 단죄한다면, 차일드는 메리를 사회 규범을 넘어서 도전할 수 있는 능력을 지닌 여성, 생명과 사랑에 충만한 삶을 산 성공적인 여성으로 칭송한다. 메리의 사랑, 구애, 결혼의 방식은 매우 원시적이다. 즉 메리는 숲 속에서 주문을 외우며 사랑하는 사람을 만나게 해 달라고 기도하고 그 주문의 덕택으로 사랑하는 인디언 연인 호보목(Hobomok)을 만나 결혼한다. 또한 이 소설에서 메리는 한 남자를 두고 다른 여자와 경쟁하지 않으며 결혼 후에도 여자 친구들과 변함없는 우애를 나눈다. 오히려 두 남자가 메리를 사이에 두고 경쟁한다. 이 점도 밀러의 가부장적 삼각관계에 대한 새로운 대안이 될 수 있다. 이러한 차일드의 시각에 대해 캐롤라인 카처(Carolyn L. Karcher)는 다음과 같이 논평한다.

> 마녀들, 악마들, 불경스러운 광란의 축제를 선호하는 인디언들로 가득한 세계에서, 메리는 마녀 행각의 제의식이라고 밖에 불릴 수 없는 의식을 거행했다. 그 목적은 모성적 자연이 가부장적인 문화에 대해, 원시적인 성이 문화적인 억압에 대해, 여성적인 마녀 행각이 남성적 청교도 이데올로기에 대해 압도적일 수 있는지의 여부를 확인하는 일이었다. . . . (*Hobomok* 서문 xxv)

20세기 프랑스 여성 비평가 캐서린 끌레망(Catherine Clément)은 19세기 미국 여성 소설가 차일드보다 훨씬 더 적극적으로 마녀에 대해 긍정적인 평가를 내린다. 끌레망에게 마녀는 서구 기독교 문화를 치유

하고 여성 문화에 생기를 불어넣어 줄 "새로 태어난 여성"이다. 끌레망
은 다음과 같이 설명한다.

> 여성 마법사는 교회의 명을 거역하면서 치유한다. 그녀는 낙태 시
> 술을 하며, 결혼 밖의 사랑을 선호하며, 사람이 전혀 살 수 없는 숨
> 막히는 기독교의 공간을 전환시킨다. . . . 결국 대자연을 꿈꿀 수
> 있는 그래서 그 자연을 품어낼 수 있는 여성 마법사는 승리에 찬
> 기독교가 억압해온 . . . 이교도 흔적들을 육화시킨다. (5)

이 끌레망의 정의를 애비게일에게 적용시켜 보면, 애비게일은 이교 문
화를 대변하며, 더 이상 밀러가 주장하는 "세일럼 히스테리아의 원초
적 핵심"(Martin 82)으로 비난받지 않게 된다. 오히려 애비게일은 통제
되고 이성으로 경직된 기독교 가부장제 공간에 생기를 불어넣을 수
있는 새로운 여성, 자신의 몸으로 연극 장면을 연출해 내는 훌륭한 예
술가로 칭송받게 된다. 그녀는 교회의 명에 거역하고 혼외정사를 즐기
면서 숨 막히는 기독교 공간을 변화시킬 뿐 아니라 기독교가 억압했
던 이교도 흔적을 육화시키는 여성 마법사이며, 잊힌 장면을 신체로
연출할 수 있는 여성이다. 이러한 애비게일의 마술적 연극에 기초한
성적 반란을 흔쾌히 즐기는 데서 우리는 새로운 여성적 관람이나 독
서 방법을 모색할 수 있을 지도 모른다.

참고문헌

1차 자료

Child, Lydia Maria. *Hobomok & Other Writings on Indians.* Ed. Carolyn L. Karcher. Rutgers UP, 1988.

Miller, Arthur, *The Crucible.* 1953. Penguine, 1981.

2차 자료

Belsey, Catherine. *Critical Practice.* New Accents. Methuen, 1980.

Budick, E. Miller. "History and other Spectres in *The Crucible*." *Arthur Miller: Modern Critical Views.* Ed. Harold Bloom. Chelsea House, 1987. 127-44.

Clément, Catherine. "Sorceress and Hysteric." *The Newly Born Woman.* 1975. *Theory and History of Listerature* 24. Hélèn Cixous and Catherine Clément. Trans. Betsy Wing. U of Minnesota P, 1986. 3-39.

Doran, Jill. *The Feminist Spectator as Critics.* U of Michigan P, 1988.

Foucault, Michel. *The History of Sexuality.* Vol 1. Trans. Robert Hurley. Vantage, 1980.

Gilbert, M. Sandra, and Susan Gubar. *The Madwoman in the Attic: The Woman Writer and the Nineteenth-Century Literary Imagination.* Yale UP, 1979.

Martin, Robert A. "Arthur Miller's *The Crucible*: Background and Sources." *Essays on Modern American Drama: Williams, Miller, Albee, and Shepard.* Ed. Dorothy Parker. U of Toronto P, 1987. 80-93.

McLuskie, Kathleen. "The Patriarchal Bard: Feminist Criticism and Shakespeare: *King Lear* and *Measure for Measure*." *Political Shakespeare: New Essays in Cultural Materialism.* Ed. Jonathan Dollimore and Alan Sinfield. Manchester UP, 1985. 88-108.

Mulvey, Laura. "Visual Pleasure and Narrative Cinema." *Screen* 16.3 (1975): 6-18.

Schissel, Wendy. "Re-discovering the Witches in Arthur Miller's *The Crucible*: A Feminist Reading." *Modern Drama* 37 (1994): 461-73.

이상길, 「이중적 커뮤니케이션 형식으로서의 고백 -미셸 푸코의 논의를 중심으로」, 『언론과 사회』 27.3 (2019): 61-104.

4장

도발적 부르주아 여성의 모험과 한계
팀버레이크 워텐베이커의
『메리 트라버스의 우아함』

개인의 아름다움을 유지한다는 것, 이것이 여성의 영광이더냐! . . .
품위 있는 고상한 여성들은 정말로 자신들의 신체에 귀속된 노예들
로서 그 예속상태에서 영광을 찾고 있다. . . . 세상 어느 곳에서건
여성들은 이러한 통탄할 상태에 놓여 있다. . . . 아주 어린 시절부터
아름다움이 여성 최고의 왕홀이라고 배워온 여성들은 자신들의 정신
을 신체에 맞추면서 겉만 번드르하게 금박 입힌 새장 주변을 맴돌며
그 감옥의 장식에만 몰입한다.[1]

---

1) 메리 월스톤크래프트(Mary Wallstonecraft, 1759-1797)의 『여성의 권리 옹호』(A Vindication
   of the Rights of Woman, 1792)의 55-57쪽에서 인용한 것이며, 필자의 번역임을 밝혀둔다.

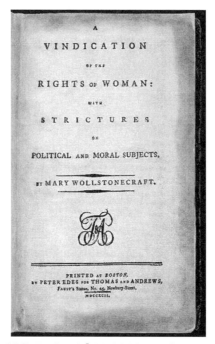

메리 월스톤크래프트의 『여성 권리의 옹호』첫 출판본 (1798)

1. 여행의 모티브: 감금으로부터의 탈출

미국, 영국, 프랑스, 그리스-이 네 나라는 극작가 팀버레이크 워
텐베이커(Timberlake Wertenbaker, 1951-)[2]가 살았던 지역 혹은 문화권이

---

2) 워텐베이커는 로얄 코트 극단(the Royal Court Theatre), 로얄 셰익스피어 컴패니(the Royal
  Shakespeare Company) 등 영국 무대에 정치적 색채의 극을 올리며 1980년대와 1990년대
  에 활발하게 활동한 영국 거주 여성 극작가이다. Time 잡지 해외 특파원 아버지를 둔 그
  녀는 미국에서 태어나 프랑스에서 자랐다. 그 외에도 여러 문화권을 여행했다.
  https://www.bl.uk/people/timberlake-wertenbaker 참조.

다. 한 장소에서 다른 장소로, 한 문화권에서 다른 문화권으로 지속적
으로 이동했던 경험은 틀림없이 워텐베이커에게 상실감과 소속 부재
의 감정을 부여했을 것이다. 그러나 이 방랑의 경험은 긍정적이고 생
산적이기도 했다. 여러 국가에서 여러 다른 문화를 접했던 워텐베이커
는 편협한 국가주의나 민족주의의 개념을 벗어던질 수 있었고, 그리
스, 프랑스, 영국, 미국의 문화는 물론 일본 및 아랍권 문화도 포함시
키는 다문화적 시각을 견지할 수 있었다. 다문화를 관통하는 여행의
삶은 워텐베이커에게 풍부한 극적 자원이나 다원적인 시각을 제공하
는 데만 그치지 않았다. 그것은 그녀가 연극을 여행의 틀로 이해하도
록 했다. 즉 워텐베이커에게 극작은 미지의 땅을 탐험하는 여행이 되
었다.

이런 맥락에서 워텐베이커의 극 세계에서 여행이 중요한 모티브
로 등장하는 것은 놀랄 만한 일이 아니다. 일례로, 워텐베이커의 대표
작 『조국을 위하여』(*Our Country's Good*, 1988)와 『나이팅게일의 사랑』
(*The Love of Nightingale*, 1989)에서 여행은 각 작품의 플롯을 구성하는
핵심 요소이다. 『조국을 위하여』는 영국 죄수들이 영국의 식민지, 호
주로 향하는 항해선에서 벌이는 연극 축제를 담아내고, 『나이팅게일의
사랑』도 아테네의 두 자매 프로크네(Procne)와 필로멜로(Philomele)의
(위험한) 항해를 중심으로 전개된다. 워텐베이커에게 여행은 지리상의
이동을 넘어선다. 그것은 다음 워텐베이커의 말에서 드러나듯이 인식
의 여행 혹은 정신적 감금으로부터의 탈출을 의미한다.

나의 극은 국가주의의 편협성으로부터 벗어나려는 시도, 닫힌 방에

서 열린 공간으로 옮겨가려는 시도, 닫힌 공간의 제약에서 벗어나 더 넓은 공간으로 사고를 이동해 가려는 시도이다. (Bernery 263)

워텐베이커의 작품들 중에서 닫힌 세계에서 열린 세계로의 모험 담을 가장 명료하게 드러내는 극은 『새로운 해부』(New Anatomies, 1981) 이다. 이 극에서 "모험을 사랑하고 무엇인가를 추구하는 여성" 이자벨 (Isabelle)은 정상과 규범에 순응하기를 요청하는 가정과 사회에서 탈출 한다. 셰익스피어의 『뜻대로 하세요』(As You Like It, 1599)의 로잘린느 (Rosaline)처럼, 그녀는 남장을 하고 아랍의 사막 지대를 여행하며 자유 의 가능성을 타진한다. 사막 지대에서 전통적 여성성과 남성성의 개념 에서 탈피한 동료들을 만나고 또 세상에 대한 새로운 이해를 얻는 면 에서 이자벨은 관습에서 벗어난다. 그러나 이자벨의 남장 여행은 그녀 에게 일시적 안식처를 제공해줄 뿐 진정한 의미의 해방을 가져다주지 는 않는다. 이자벨은 남성으로 복장을 전환한 그녀를 있는 그대로 받 아들일 수 없는 기독교와 프랑스의 법정에 의해 결국 비정상적인 인 간으로 규정되고 만다.

워텐베이커는 가부장제의 공식적 규정에서 완전히 벗어날 수는 없 었지만 삶에 대한 뜨거운 열정으로 자신이 속한 사회의 규범을 거역하 고 주체적 삶을 이끌었던 이자벨의 모험심에서 정신적 탐험가의 전형 을 본다. 워텐베이커 스스로 밝히고 있듯이, 이자벨와 비슷한 유형의 메리 트라버스(Mary Traverse)를 주인공으로 한 『메리 트라버스의 우아함』 (The Grace of Mary Traverse, 1985)을 집필하게 된 것은 바로 이와 같은 모 험적 여성에 대한 지대한 관심 때문이다(Wertenbaker, "Introduction" vii).

외견상 메리는『새로운 해부』의 이자벨처럼 1) 탈출 2) 일시적 해방 3) 환멸과 좌절 4) 새로운 자각과 복귀로 요약되는 성장/교양 소설 (Bildeungs Roman)[3]의 패턴을 반복한다. 이자벨과 메리는 전통 성장/교양 소설의 남자 주인공처럼 집에서 탈출해 여행을 떠나 시야를 넓히고 세상 돌아가는 법을 배우는데, 이 과정에서 한편으론 해방감을, 다른 한편으론 좌절을 경험하며 깨달음을 얻는다. 그러나 성장 소설 남자 주인공의 여행과 달리 이자벨과 메리의 세상 경험은 금지된 모험이다. 이자벨과 메리의 모험은 방에 조용히 앉아 찾아오는 신사를 수동적으로 기다리는 전통적 여성 규범을 뒤집는 저항 행위이자 위장을 필요로 하는 침범/위반 행위인 것이다.

　　특히『메리 트라버스의 우아함』의 메리는 18세기 영국의 가부장제라는 폐쇄적 공간을 과감하게 탈출하는 점에서 20세기 신여성 이자벨보다는, 크리스토퍼 말로(Christopher Marlowe, 1564- 1593)의 희곡『파우스투스 박사』(*Doctor Faustus*, 1589-1592)[4]의 모험가 파우스투스 박사에 비견된다. 워텐베이커는 메리를 "경험, 지식, 마침내는 정치적 권력을 추구하는 여성 그리고 이러한 파우스트 식의 계약에 부착된 대가를

---

3) 성장/교양 소설(Bildeungs Roman)이란 주인공의 어린 시절부터 어른이 되기까지의 심리적, 도덕적 성장을 다룬 문학 장르를 지칭한다. 이 용어는 독일어의 교육이란 의미의 'Bildung'과 소설이란 의미의 'Roman'이 결합된 것이다.

4) 이 극의 원명은 *The Tragical History of the Life and Death of Doctor Faustus*이지만 짧게 *Doctor Faustus*로 불려 강석주의 번역본을 참고해『파우스투스 박사』로 번역한다. 이 극은 독일의 파우스트 전설을 극화한 유럽의 첫 번째 작품이다. 독일의 괴테(Johann Wolfgang von Goethe, 1749-1832)도 이 전설을 바탕으로『파우스트 제1부』(1808) 및『파우스트 제2부』(1832)를 집필했다.

『나이팅게일의 사랑』과 『메리 트라버스의 우아함』 책 표지

치르는 여성"(Wertenbaker, "Introduction" vii)으로 제시한다. 말로의 작품에서 파우스투스 박사가 악마 시종 메피스토텔레스의 유혹에 이끌려 기독교의 규율을 거역하고 세속의 쾌락을 찾아 여행하듯이, 『메리 트라버스의 우아함』에서 메리는 시녀 템트웰 부인(Mrs. Temptwell)의 유혹에 이끌려 18세기 가부장제 부르주아 아버지의 우아한 집 밖으로 나와 세상의 지식과 경험을 찾는다. 그리고 파우스투스 박사가 쾌락의 희열을 파멸과 맞바꾸었던 것처럼, 메리 역시 지식과 경험이라는 금단의 열매를 따먹은 것에 대해 절망과 환멸의 대가를 치른다.

기독교 사회가 금기로 여긴 마술에 의탁하여 금기시된 관능과 쾌락을 추구했던 파우스투스 박사는 악을 탐닉한 죄인일까? 아니면 기독교의 감옥을 과감히 탈출하며 기독교 이데올로기를 탈신비화한 영웅적 지식인일까? 이것이 『파우스투스 박사』가 던지는 핵심 질문이다. 그러나 이 질문에 대해 말로는 판단을 보류하고, 파우스투스 박사의 위반 행위를 기독교 사회의 폐쇄성을 드러내는 도전이면서 동시에 자신의 파멸을 초래하는 비현실적 선택으로 보는 이중적 관점을 취한다. 어느 면에서 『메리 트라버스의 우아함』의 메리는 기독교의 경계를 넘고 기독교의 교리에 도전했던 파우스투스 박사와 유사하다. 그녀는 가부장제의 경계를 넘고 그 규범에 도전해 스스로 파멸의 운명을 선택한 악한인 동시에 전통을 거스르는 도전적 인물이다.

그러나 워텐베이커는 메리를 파우스투스 박사처럼 심판받아야 할 악한이나 칭송받아야할 영웅으로 그리지 않는다. 대신 메리의 위배 행위가 어느 정도까지 가부장제에 대한 도전이냐를 문제 삼는다. 워텐베이커는 메리의 도전이 기독교에 대한 파우스트의 도전과 달리 세상과의 타협을 동반한다는 점을 지적하면서 여성의 침범과 도전이 안고 있는 여러 문제들을 점검한다. 워텐베이커는 메리의 여정이 전통적 여성 미덕의 허구성을 드러내는 비판과 도전의 모험인 것은 분명하지만, 가부장제의 이데올로기를 그대로 답습하는 메리를 보여주며 그녀가 가부장제 사슬을 과감히 벗어 던진 선구자가 아니라는 점도 분명하게 보여준다.

크리스토퍼 말로의 『파우스투스 박사』 첫 출판본 (1620)

말로의 파우스투스 박사는 기독교 규범과 신앙에 도전하고 자신의 뜻을 펼치도록 도와줄 지팡이로 마술을 택한다. 그러나 메리는 파우스투스 박사처럼 자신이 속한 사회의 규범에 저항하고 자신의 뜻을 펼치려고 하면서도 그 저항과 도전의 메시지를 전달할 자신만의 방식을 찾지 못한다. 그 결과 그녀는 자신이 비판했던 가부장제의 방식을 남성보다 더 철저하게 사용하는 역설에 빠진다. 남성중심 사회로 침범한 메리는 단순히 그곳의 구경꾼이나 활동가로 머물지 않고 남성보다 더 능수능란하게 그곳의 관습을 활용하고 일시적이나마 남성이 누리는 권력마저 쟁취한다. 이 점이 바로 워텐베이커가 이 극에서 문제화하는 부분이다. 워텐베이커는 비판의 표적으로 삼았던 가부장제의 원칙들(지배와 권력, 경쟁 등)을 그대로 수용하는 메리의 부정적 측면들을 부각시키면서 메리의 저항과 경계 넘기가 사회 내에서 타협되고 봉쇄되는 과정, 메리의 저항이 역으로 가부장제의 존속에 기여하게 되는 과정을 면밀히 파헤친다.

『최상의 직업여성들』 호주 멜번 극장 공연 교사용 노트 (2012)

런던의 남성 중심 사회로 침범할 뿐 아니라 그곳에서 권력을 휘두르는 데서 쾌감을 찾는 메리 트라버스는 캐롤 처칠(Caryl Churchill, 1938-)의 『최상의 직업여성들』(*Top Girls*, 1982)의 여주인공, 남성을 뛰어넘어 회사의 이사로 승진한 현대 여성 말린(Marlene)을 상기시킨다.[5] 가부장제의 성 교환체제, 자본주의 경제 구조, 권력 지향주의를 받아들인 메리

---

5) 처칠은 여성 문제를 다루는 사회주의적 계열의 영국 여성 극작가이다. 『최상의 직업여성들』은 남성 중심 비즈니스 세계에서 성공한 야심적 여성 말린을 중심으로 현대 사회에서 여성에게 가능한 역할이 무엇이며 성공한다는 것이 어떤 의미인지를 비판적으로 탐구한다. 처칠이 비판적 시각에서 극화한 말린은 남성 영역으로 진출했지만 계급적 착취와 경쟁 체제 등 가부장제 작동 원리를 철저하게 따르는 여성으로서 남성보다 더욱 가부장적이다.

는 자본주의와 가부장제의 가치관과 억압 기제를 그대로 수용한 말린과 쌍둥이 자매이다. 그러나 처칠이 성공하기 위해 가부장제 작동 방식을 의도적으로 채택하고 하층계급 여성들을 착취함으로써 가부장제의 영속화에 기여하는 말린과 같은 여성들을 비판하는 일에 주력했다면, 워텐베이커는 파우스투스 박사와 같은 전복적 여성이 가장 타협적인 여성으로 전환되는 과정과 권력의 속성을 탐구하는 데 심혈을 기울인다.

『메리 트라버스의 우아함』은 계급이 다른 여성들 간 갈등과 착취에 관심을 모았던 『최상의 직업여성들』의 단계를 넘어선다. 워텐베이커는 이 극에서 잠시 권력의 맛을 보게 되지만 결국 환멸과 좌절을 겪으며 다시 태어나는 메리를 보여줌으로써 경쟁, 승부, 권력욕, 착취로 일관된 가부장제 사회를 비판하고, 나아가 가부장제 사회에서 여성이 취해야 할 새로운 방식의 세상살이가 무엇일까에 대해서도 고민한다. 『최상의 직업여성들』에서 처칠은 성공한 여성들의 타협을 비판하면서도 새로운 대안을 제시하지 않는 반면, 『메리 트라버스의 우아함』에서 워텐베이커는 소박하긴 하지만 한 가지 대안을 제시한다. 그 대안은 억압당하고 침묵당하는 주변부 여성 소피(Sophie)와 그녀가 대변하는 감각적 인식과 따뜻한 마음 씀씀이이다. 이로써 워텐베이커는 가부장제의 이성, 권력, 경쟁, 폭력을 대치할 가치가 혹시 감각과 보살핌이 아닐까 조심스럽게 제안한다.

워텐베이커는 사회비판 정신에 의거한 집단적 노력이나 행동을 지지하기보다는 개인이 사회변화의 주체가 될 수 있는 가능한 방법들을 모색한다. 『조국을 위하여』에서 워텐베이커는 연극이 가져다주는 집단적 치유의 힘을 긍정하고 연극이 사회변화의 기회를 제공한다고 주장한다. 하지만 워텐베이커가 의미하는 변화는 갑자기 일어나는 혁명이 아니다. 그것은 각 개인이 의문을 제기함으로써 야기되는 작은 변화에서 시작되어 퍼져가는 파동과 같은 것이다. 워텐베이커는 다음과 같이 주장한다.

> 나는 여러분들이 극장을 나서자마자 혁명을 일으키게 될 수 있으리라고 생각하지는 않습니다. 하지만 여러분들은 아주 조금씩 사람들에게 어떤 문제에 대해 의심하도록 촉구하거나 사람들의 흥미를 유발시키거나 그들에게 새겨질 어떤 이미지를 부여함으로써 사람들이 변화에 동참하도록 도울 수는 있습니다. 그리고 이 작은 변화가 보다 큰 변화들을 이끌어낼 수 있습니다.
>
> (Sullivan 140에서 재인용)

요약하면, 워텐베이커는 한편으로는 메리의 탈출과 모험을 통해 가부장제를 비판하며, 다른 한편으로는 소피의 감각과 보살핌의 삶의 방식을 새로운 대안으로 제시함으로써 각 개인의 작은 변화가 모여서 이루어지는 큰 변화를 촉구한다. 이 글의 전반부는 메리의 탈출과 모험을, 후반부는 메리의 두 시녀 템트웰 부인과 소피가 보여주는 대조적 삶을 기초로, 소피가 제안하는 새로운 삶의 가능성과 메리의 작은 변화를 살펴본다.

2. 지극히 가부장적인 메리의 모험

이 극을 관통하는 중심축은 메리 트라버스가 ('가로지르다'의 뜻인 그녀의 성 'Traverse'가 암시하듯이) 두 시녀인 템트웰 부인과 소피(Sophie)와 함께 하는 모험이다. 세 여성은 감옥에 비유되는 18세기 영국의 가부장적 가정을 탈출해 남성 중심 세상으로 침범한다. 그런데 메리가 탈출하는 이유는 무엇인가? 그리고 메리는 어디에서 어디로 모험을 떠나는가? 이 모험의 여정에서 메리는 무슨 일을 겪고 어떤 전략을 쓰는가? 또 이 과정에서 메리는 무엇을 얻고 무엇을 잃는가? 이 절은 이러한 일련의 질문들에 대한 구체적인 답이 될 것이다.

세상에 대한 경험과 지식을 강렬하게 갈구하는 메리는 부르주아 아버지가 마련해준 안락한 집에서 탈출한다. 메리의 아버지 자일스 트라버스(Giles Traverse)가 원하는 메리의 삶과 메리 자신이 원하는 삶은 완전히 다르며, 메리의 탈출은 이 두 가지 다른 삶 사이의 갈등에서 비롯된다. 아버지가 딸에게 제공해주고 싶은 삶이 고통과 세간의 멸시에서 면제된 동화 같은 삶이요 물질적 풍요와 사회적 지위가 보장되는 안락한 삶이라면, 메리 자신이 원하는 삶은 대가를 치르더라도 현실을 있는 그대로 경험할 수 있는 삶이다. 딸의 장래를 걱정하는 자비로운 아버지로서, 인생의 쓴맛을 이미 맛본 선험자로서 자일스 트라버스는 딸에게 현실의 고통에서 벗어날 수 있는 안락한 방의 환상을 심어주고 딸이 그 안에서 풍요와 안락을 즐기기를 원한다. 하지만 아버지의 이러한 보수적 낭만주의는 현실을 직면하고 싶은 메리의 증오와 저항을 불러일으킨다. 다음 (메리의 탈출 후) 아버지와 메리의 상봉 장면은 아버지와 딸 사이의 첨예한 대립을 압축적으로 보여준다.

자일스: 왜 그러니? 난 너에게 모든 것을 다 주었다.
메리: 경험만 빼고요.
자일스: 너는 귀족과 결혼할 수도 있었을 텐데.
메리: 제가 말하는 것은 지위가 아니라 경험이에요. 그 무엇보다도
      바깥 세상에 대한 경험. 이 세상에 대한 경험 말이에요.
자일스: 이 세상이라고? 사실 난 너를 이 세상으로부터 보호하려고
      온갖 짓을 다했었단다. . . . 나는 내가 알지 못했던 편안함과
      즐거움을 네가 만끽하길 원했단다. 나는 내가 경험했던 것들,
      말하자면 경멸이라든지 더러움으로부터 너를 보호하고 싶었
      어. 심지어는 내가 경험했던 지식에서조차 너를 보호하고 싶
      었지.
메리: 하지만 그것은 제가 원하는 것이 아니었어요.
자일스: 너를 바라 볼 때마다 나는 나의 20년 어린 시절을 송두리
      째 잊을 수 있었단다.
메리: 그래요, 아버지께선 아버지 자신의 과거를 다시 쓰기 위해 제
      미래를 빼앗아 가셨죠. 오, 아버지, 혹시 아버지께선 그것이
      자신이 낳은 자식들을 잡아먹는 사탄보다 더 나쁘다는 것을
      아시나요?
자일스: 내가 네게 책을 너무 많이 읽게 한 게 문제였구나. 네가 미
      치게 된 것은 바로 그 때문이야.
메리: 제가 설명하려고 할 때마다 아버지께선 저를 미쳤다느니 정
      신병원이니 하는 말로 저를 위협하셨죠. 어떻게 그럴 수 있
      으셨던 거죠?
자일스: 그런 식으로 나에게 말하지 마라.

메리: 아버지, 아버지께서는 저에게 이래라 저래라 할 권한이 없어
요. 아버지 딸은 죽었잖아요.[6]

위 대사가 알려주듯이 아버지와 딸 사이의 주요 갈등은 두 사람
의 인생관 차이(경험 vs. 안락과 지위)에서 유래한다. 그러나 이것 이외
에 메리의 탈출을 유도했던 또 한 가지 요인은 아버지의 딸에 대한 강
압적인 태도와 도구화이다. 자일스는 메리의 의사를 고려하지 않고 자
신이 구상하는 대로 메리의 인생을 구축하고자 했으며, 자신이 실현할
수 없었던 꿈을 딸을 통해 실현하고자 했다. 말하자면 자일스에게 메
리는 독립된 주체라기보다는 자신의 힘들었던 과거를 보상해 줄 수
있는 도구이자, 자신의 꿈을 완성하는 마지막 단계요 고속 출세를 위
한 상품인 셈이다. 평민계급에서 부유한 시민으로 급부상한 신흥부자
자일스에게 필요한 것은 귀족의 지위와 품위였으며, 메리가 탈출하지
않았더라면 그는 딸을 귀족과 정략 결혼시켜 그 욕망을 실현할 수도
있었다. (1막 2장에서 18세기 관습에 따라 고돈 경(Lord Gordon)은 메리의 의
사를 묻지도 않은 채 자일스에게 청혼의사를 밝힌다.) 집나간 딸을 두었다
는 불명예를 씻기 위해 그리고 내각에 입각할 기회를 놓치지 않기 위
해 세간에 딸이 죽었다고 퍼뜨리는 부분에서 자일스는 자기가 낳은
자식을 잡아먹은 사탄보다 더 사악하다는 메리의 비난을 받아 마땅해

---

6) 『메리 트라버스의 우아함』의 본문 인용은 *The Love of Nightingale and The Grace of Mary
Traverse*(Faber and Faber, 1989)에 의거한다. 이 인용문은 이 책의 98쪽에서 인용된 것이
며, 필자의 번역이다. 앞으로 이 책의 인용은 모두 필자의 번역으로 제공하며, 인용 표
시는 괄호 안에 쪽수만 적는다.

보인다. 엄밀한 의미에서 자일스는 (메리가 죽었다고 말할 때) 메리의 아버지 됨을 포기한 것이므로 아버지의 권한을 행사할 수 없는 입장에 놓인다. 폭군적인 아버지가 전복적인 딸을 추방하는 것이 아니라 전복적인 딸이 폭군적인 아버지의 곁을 떠난다는 점에서, 메리와 자일스의 불화는 셰익스피어의 『리어왕』의 셋째 딸 코딜리아와 그녀를 추방하는 아버지 리어왕의 관계를 뒤집는다.

자일스의 집은 여성들을 폐쇄된 방에 감금시키고 그들에게 우아함의 미덕을 체화하도록 요청하는 18세기 영국 상류층 (귀족과 신흥 부자) 가부장제 문화를 상징한다. 18세기 여성의 종속을 예리하게 진단했던 메리 월스톤크래프트가 『여성의 권리 옹호』에서 지적하는 바와 같이, 18세기 상류층 여성들은 마치 "새장에 갇힌 깃털 달린 새처럼 으스대며 깃털을 가다듬고 이 횃대에서 저 횃대로 고매함을 흉내 내며 걷는"(146) 법을 여성 최고의 덕목으로 알고 그것을 몸에 익히는데 일생을 바쳤다.[7] 이 극의 첫 장면은 메리 월스톤크래프트가 지적한 18세기 가부장제 여성 교육 현장을 그대로 무대화한다. 메리가 우아하게 대화하는 법과 품위 있는 몸가짐을 배우는 거실은 여성의 예속을 영

---

[7] 18세기의 메리 월스톤크래프트를 상기하는 일은 의미가 있다. 월스톤크래프트와 워텐베이커 사이에 2세기 가량의 격차가 있고 접근 방식과 다루는 문제도 다르지만, 두 사람은 18세기 영국 여성 문제에 관심을 보인 점에서 유사하다. 메리는 메리 월스톤크래프트의 이름과 같고 하녀 소피의 이름이 월스톤크래프트가 공격했던 장자끄 루쏘(Jean-Jacques Rousseau, 1712-1778)의 『에밀』(*Émile*, 1762)의 순종적 여성 소피(Sophie)를 연상시킨다. 물론 워텐베이커의 소피와는 달리 루쏘의 소피는 주체성을 빼앗긴 여성이자 관습의 노예지만, 워텐베이커와 루쏘 둘 다 각자의 이상적 인물에 소피라는 이름을 부여한 것은 흥미롭다.

속화하는 18세기 영국의 여성 교육 공간이다. 이 공간에서 아직은 자기 인식의 단계에 도달하지 못한 (탈출하기 전의) 메리가 귀품 있는 자세로 앉아 장래의 남성 방문객을 맞이하기 위한 가상의 대화를 연습한다. 이 우아함의 연마 공간에서 메리는 아버지의 "빛나는 장식품"(61)으로, 아버지의 "기쁨과 희망"(62)의 대상으로 존재한다. 이 장면에서 자일스는 메리에게 욕망을 표현하지 않는 법과 우아한 대화의 원칙, 소재, 방식에 대해 강의하는데, 그의 강력한 목소리에 세뇌된 메리는 자발적으로 자신의 언어를 검열한다. 메리의 자기 검열은 아버지의 강의만큼이나 18세기 가부장제 문화가 부과하는 일련의 우아한 언어사용 규칙(첫째, 젊은 여성은 직접적인 질문을 던지지 않는다. 둘째, 상대의 예민한 반응을 일으키는 가슴이나 창자와 같은 신체 부위를 거론하지 않는다. 셋째, 여성답지 않은 감정에 휘말리지 않는다.)에 의존한다.

메리의 우아한 언어와 걷기 연습을 도드라지게 강조하는 첫 장면은 18세기의 젠더 개념을 가시화한다. 우아함의 미덕에 맞춰 자발적으로 자기를 지워나가고, 사랑스러운 여성이 되기 위해서 "공기처럼 가볍고 잔잔하며 보이지 않게"(62) 걷는 훈련을 이어가는 메리는 18세기 영국 상류층 여성이 사회의 명령에 따라 움직이는 인형이나 기계라는 것을 폭로한다. 아버지가 가르쳐 준 여성의 미덕에 따라 인형처럼 움직이는 메리의 팔다리는(62), 푸코의 말대로 주체 의지가 배제된 길들여진 '유순한 신체'이다.[8] 나아가 우아함의 미덕은 여성에게서 주체성

---

8) 미셸 푸코(Michel Foucault, 1926-1984)는 『감시와 처벌』(*Discipline and Punish*, 1975)에서 근대 학교제도를 '유순한 신체'로서의 근대 주체를 길러 내기 위한 규율 권력의 기구 이며 지배적 언설 체제의 장치로 묘사했다.

뿐만 아니라 생명까지도 몰수한다. 18세기 여성에게 죽음은 우아함의 최고의 경지로 숭앙된다. 템트웰 부인에 의하면, 숨소리조차 들리지 않을 정도로 조용했던 메리의 어머니가 죽음을 통해 도달했던 미의 경지야말로 여성이 공기보다 더 우아하게 될 수 있는 최고 단계이다.

> 메리 아씨, 어머님께선 참으로 조용하셨지요. 그래서 주인님께서 마님이 돌아가셨다는 것을 알기까지 일주일이나 걸렸지요. 하지만 관속에 누워 계신 마님께선 그 어느 때보다 아름다워 보이셨어요. 주인님께선 마님을 바라보는 일을 멈출 수 없으셨지요. 죽음은 여성에게 썩 잘 어울려요. 메리 아씨도 아마 관속에 누우면 매우 사랑스러워 보일 거예요. (63)

그러나 메리는 아버지의 명령에 자발적으로 굴복하는 딸 혹은 예속에서 영광을 찾는 노예로 오래 머무르지 않는다. 아버지의 엄명에도 불구하고 세상 구경에 대한 욕구(메리는 우아한 대화 습득을 위해 아버지와 함께 극장에 가고 싶다고 조르고 세상에 대해 알면 더 좋지 않게냐며 아버지에게 항변한다)를 감출 수 없었던 메리는, 시녀 템트웰 부인의 자극에 힘입어 감옥 같은 방을 탈출해 런던 거리로 나가기로 결심한다. 죽음으로 자신의 아름다움을 입증했던 메리의 어머니조차 밖으로 나가고 싶은 충동에 시달렸다고, 밖의 세상은 책의 세계와 완전히 다르다고 전하는 템트웰 부인의 유혹에 메리의 자기 검열과 통제가 작동을 멈춘 것이다. 메리는 파우스투스 박사처럼 금지된 세상에 대해 알고 싶은 욕망에 전율하며 집밖으로의 모험을 감행한다.

아버지의 우아한 공간을 떠나 더러운 런던 거리를 활보하는 메리의 첫 세상 경험은 성폭력이다. 런던에 도착한 메리는 '남성의 힘은 여성을 성적으로 공격하는 데서 생긴다'[9]는 생각으로 여성을 성적 대상물로 삼는 고돈 경(Lord Gordon)에게서 두려움을 느낀다. 고돈 경은 떨고 있는 메리 앞에서 칼을 빼들고 시골에서 상경한 가난한 소피를 강간하며 남성적 힘을 과시한다. 고돈 경이 소피를 강간하는 장면에서 메리는 강자 고돈 경의 폭력적 공격과 약자 소피의 저항 없는 침묵을 관찰한다. 그리고 남녀 관계가 결코 아버지의 집에서 배운 낭만적인 관계가 아니라 폭력과 강간으로 이루어지는 착취 관계임을 배운다.

그러나 메리의 현실 경험이 그녀를 약육강식의 희생자가 아니라 약육강식을 관찰하고 실천하는 자가 되도록 하는 것은 역설적이다. 고돈 경이 메리 대신 고분고분한 소피를 욕망의 대상으로 택하면서 메리는 운 좋게 강간의 위기를 모면한다. 메리는 소피의 강간을 제 3자의 위치에서 바라보는데, 강간당하는 여성 소피의 편이 되어 약자의 슬픔을 함께 나누기보다는, 소피의 강간 장면을 흥미롭게 구경하는 남성적 관찰자가 된다. 소피에게는 고통스러운 강간의 현실이 메리에게는 책 속의 장면을 읽는 것 같은 매혹적인 장면이 된다. 로라 멀비(Laura Mulvey)가 지적하는 바와 같이, 메리는 여성이 희생되는 광경을 남성의 시각으로 보는 (여성이면서도 남성적 기쁨을 느끼는) 관람자가 된 것이다. "바라보는 일을 멈출 수가 없어요. 책 속에 마주쳤던 강간 장면만큼 이 장면이 아름답지는 않지만"(19)이라고 말하는 메리는 여성

---

9) 안드레아 드워킨(Andrea Dworkin)의 논의에 따르면, 가부장제 하에서 남성은 자신의 남성성을 확인하기 위해서 여성을 강간한다. 가부장제에서 남성의 힘은 페니스에 놓여 있다. 『포르노그라피』 참조.

을 응시의 대상으로 삼는 남성의 시선을 전유한다. 물론 메리는 이 관찰을 통해 그녀가 당면한 현실은 모든 것을 신비롭게 미화시키는 책과 다르다는 인식의 확장을 경험한다. 그러나 그것은 자신이 감금되어 있던 '안'과 현실 그대로의 '밖'의 차이를 자각하는 단계에 머무를 뿐, 희생자의 고통을 이해하는 단계에 이르지 못한다. 메리는 같은 여성인 소피의 입장이 아니라 남성의 시각으로 강간 장면을 읽고 소피보다 귀족 남성 고돈 경과 자신을 동일시한다.

하층 계급 여성보다는 귀족 남성의 시각을 취하는 가운데 메리는 아이로니컬하게도 자신이 가장 증오하고 격렬히 저항했던 아버지의 입장과 사고방식을 그대로 취한다. 메리가 거역했던 것은 아버지에게 억압당한다는 사실이었지, 아버지의 권력과 재물, 명예 추구 자체는 아니었던 것이다. 메리는 가부장제 논리에 저항한 것이 아니라 개인으로서 세상을 알고 경험할 권리를 박탈당한 것에 저항했던 셈이다. 사실 의도한 것은 아니지만, 소피를 강간의 희생자로 대치한 메리는 아버지와 똑같은 방식으로 하층 계급에 속하는 가난한 시녀 소피를 무시하고 억압한다. 이 점에서 메리는 특권과 힘을 부여받은 상류층의 대변자가 된다. 그러면서도 그녀는 자신의 행동이 아버지 자일스의 방식과 같다는 점을 자각하지 못한다. 강간이 벌어진 자리에서 메리가 보고 배운 것은, 희생자 소피에 대한 동정심과 가부장제 구조에 대한 비판 인식이 아니라 "피"(70)로 상징되는 약육강식의 원리이다. 소피의 강간에서 메리는 고돈 경이 "생명력/권력"(70)을 얻은 것은 약육강식의 원리를 따랐기 때문이며(1막 3장). 세상에서 성공하기 위해서는 강자의 논리를 취해야 한다는 교훈을 얻는다.

메리가 소피의 강간 장면을 구경거리인양 흥미롭게 관찰하면서 남성의 관점을 취한 것은 메리가 앞으로 채택할 전략에 지대한 영향을 끼친다. 메리는 강간 사건에서 배운 교훈을 자신의 삶에 적용하기로 결심한다. 그녀는 세상을 있는 그대로 알고자 하며(1막 4장), 난관을 회피하지 않고 세상과 직면하겠다는 의지를 표명한다. 이것은 템트웰 부인이 지적하는 것처럼 "남성처럼 되는" 길을 택하겠다는 뜻이며, "남성과 함께 동등한 위치에서 축제를 벌이겠다는" 말을 의미한다(71). 남성이 하는 일이라면 하나도 빠짐없이 경험하게 해 주겠다는 템트웰 부인의 제안에 메리는 남성들을 손 안에 넣고 세상을 지배해 보겠다는 강렬한 의지까지 피력한다(71). 이것은 가부장 아버지에게 거역했던 메리가 바로 자신과 같은 여성을 억압했던 지배와 착취의 방식을 의심 없이 받아들인다는 것을 의미한다.

남성 같은 여성이 되기로 결심한 메리의 첫 번째 탐구 영역은 성의 영역이다. 메리는 앞서 관찰한 강간 장면의 고돈 경을 모방한다. 즉 희생당하는 여성 소피가 아니라 남성을 정복하고 쾌락을 즐기는 여자 고돈 경이 된다. 메리는 템트웰 부인이 소개한 남성 창부 하드롱 씨(Mr. Hardlong)에게서 낭만적 사랑 대신 적극적으로 남성 육체에 접근하는 법을 배운다. 처음에는 움츠리던 메리는 점차 남성이 여성의 육체를 즐기듯이 남성의 육체를 적극적으로 즐기는 법을 통독한다(2막 3장). 그러나 메리가 배우고 실천하는 적극적 성애는 메리를 엘렌 씩수(Hélène Cixous)나 루스 이리가라이(Luce Irigaray)와 같은 프랑스 페미니스트들[10])이 주창하는 여성 해방, 즉 사회적 억압이 사라진 육체의 환희 상태로 인도하지 못한다. 메리는 하드롱 씨의 육체를 탐색하면서 관능적 쾌락이 아니라 소피를 강간하는 고돈 경처럼 남성 육체를 소유하고 지배하는 쾌감을 경험한다. 이런 의미에서 메리가 하드롱 씨의 육체에 접근하면서 외친 첫마디가 "권력"(77)인 것과 그 육체의 탐미 과정이 신대륙을 정복하고 식민지화하는 지리상의 발견 은유로 표현된 것은 의미심장하다. 그런데 고돈 경이 성을 통해 권력을 쟁취했다면, 메리는 창부 하드롱 씨의 성적 노고를 돈을 주고 산다. 메리가 하드롱 씨를 성적 거래 대상으로 삼을 때 표면적으로는 그녀가 여성의 상품화와 가부장제의 여성 교환 체계를 허무는 것처럼 보인다. 그러나 사실상 메리는 남성의 여성 거래를 여성의 남성 거래로 뒤바꾸었을 뿐, 가부장제의 성 상품화와 권력 관계를 그대로 반복한다. 메리의 거래에는 소피까지도 동원된다. 메리 대신 강간당했던 소피는 다시 한 번 메리의 대리인이 된다. 이번에 하드롱 씨의 구매 상품인 소피는 메리가 하드롱 씨에게 성적 노동의 대가로 건네주는 화폐 역할을 맡는다.

메리는 또 다른 남성 영역인 도박장으로도 침범하여, 남성을 능가하는 지력으로 게임을 주도하고 새로운 쾌감을 느낀다(87). 승자와 패자가 경쟁적으로 공조하는 도박장에서 메리는 자신의 지칠 줄 모르는 승부욕을 발견한다. 메리는 빈털터리가 될 것을 예감하면서도 지략과 대담성으로 남성들을 제치고 최고 승자가 된다. 이것을 파멸을 자초한 영웅적인 도전 행위라고 볼 수 없는 것은(86), 남성들 위에 군림하는

---

10) 영미권에서 프랑스 페미니즘은 1970년대에서 1990년대 프랑스에서 발전된 여성에 관한 이론과 철학을 일컫는다. 그 대표자로 Hélène Cixous(1937-), Luce Irigaray(1930-), Julia Kristeva(1941-)가 있다.

과정에서 메리가 하층 계급 여성들을 짓밟는 남자 같은 여자가 되기 때문이다. 늙은 여인들은 메리의 승부욕을 채워주는 수단이 되며(메리는 마치 경마장에서 말에게 돈을 걸고 경주시키듯이 두 늙은 노파들에게 돈을 걸고 경주시킨다), 소피는 메리의 충족되지 않은 욕구를 채우는 매개체가 된다. 메리는 도박을 즐기는 중 소피에게 자신의 성적 욕망을 채워주는 착한 여자가 될 것을 끊임없이 요청한다. 이때 메리에게 소피는 동료 여성이거나 레즈비안 성애의 대상이 아니라 욕구 충족을 위해 돈을 주고 살 수 있는 상품일 뿐이다. 메리는 "공짜로는 아무것도 안 돼. 그것이 그들(남성들)의 법칙이지"(89)라며 가부장제 남성들을 모방하며 소피의 성을 거래 품목으로 여긴다.

　　도박장 모험은 메리에게 큰 대가를 요구한다. 메리는 부잣집 딸에서 빈털터리 거지로, 우아한 규수에서 원치 않는 임신을 한 방탕한 여자로, 아버지의 연약한 딸에서 착취와 책략으로 비정한 세상을 살아가는 현실주의자로 전락한다. 일례로, 구걸하는 노파를 폭력을 휘둘러 쓰러뜨릴 때 메리는 노파를 자신의 쾌락과 승부욕을 위한 도구로, 또 분풀이 대상으로 착취한다. 그런데도 메리는 이런 비정한 행위를 아버지로 대변되는 위선적 우아함의 대안으로 정당화한다. 즉 메리는 자비로운 상류층 이미지를 지키기 위해 미소 띠며 가난한 노파에게 동전이나 던지는 위선적 행위보다는 하고 싶은 대로 노파를 착취하는 것이 더 낫다고 말한다(92). 하지만 메리의 폭력 행위는 권력이 가져다주는 쾌감에서 비롯된 것이다. 이 점은 메리가 잘못된 것인지 알면서도 힘없는 노파에게 권력을 휘두르며 권력자로서의 기쁨을 느낄 때 분명하게 전달된다(95).

도박장에서 탐욕과 권력의 맛을 알게 된 메리는 도박장의 작동 원리를 아버지와의 관계에도 적용한다. 빈털터리 메리는 순전히 돈을 얻기 위한 목적에서 아버지와 상봉하고, 우아한 대화술로 아버지를 단숨에 지배한다. 아버지에게서 배운 그녀의 우아한 화술은 남편감을 낚는 미끼가 아니라 (딸이 죽었다고 세상에 알린) 아버지의 위선을 비판하는 도구이자, 아버지의 돈을 갈취하는 무기로 둔갑한다. 이때 첫 장면에 극화된 길들여진 유순한 딸과 지배적인 아버지의 관계가 유순한 아버지와 도발적 딸의 관계로 전도된다. 그녀는 "창녀 딸은 아버지의 딸이 아닌가요?"(98)라는 도전적 발언으로 아버지를 공격하고 아버지의 돈을 빼앗아 경제적 안정도 취한다. 그러나 그녀에겐 기대했던 행복감이 찾아오지 않는다. 메리는 술수와 지략으로 얻어낸 권력과 돈이 뼛속 깊이 스며드는 슬픔 외에 아무것도 가져다주지 않는다는 것을 경험하면서 남성 세계로의 모험이 "작은 악의 끝없는 집합체"이자 "또 다른 종류의 감금"(106)임을 깨닫는다.

허무를 극복하고자 메리는 유토피아를 꿈꾸는 개혁가로서 공적 영역으로 진출한다. 메리는 남녀, 빈부의 차별이 없는 동등한 사회에 대한 하층민 잭(Jack)의 비전을 자신의 것으로 전유하며 국회로 돌진한다. 그러나 자유에 대한 평민들의 꿈에서 시작되었던 유토피아 사회 구현의 구호는 점차 정치화되고 무질서한 군중 행위로, "무서운 악몽으로" 변질된다(122). 군중의 방화로 불길 속에서 죽어가는 무수한 사람들을 바라보며 메리는 꿈과 현실 사이의 격차에 환멸을 느낀다. 그런데 여기서 메리의 환멸이 유토피아 사회 건설에 대한 좌절이 아니라 군중의 희생과 죽음으로 방해받은 그녀의 정치적 야심에서 비롯된 것임을 주시할 필요가 있다. 메리의 정치 운동은 잭을 비롯한 많은 노동자 계층을 위해서가 아니라 개인적 허무를 극복하고자 시작된 것으로, 그녀는 군중을 이끌고 또 그들을 조직화하는 데서 큰 쾌감을 얻고 (58), 남성 정치가들처럼 혼탁한 권력욕에 탐닉한다.

메리는 성, 도박, 정치와 같은 남성의 영역으로 들어가 남성의 방식을 철저히 모방하고 그 선두의 위치까지 올라갔다. 그러나 그곳에서 잠시 얻은 성공과 쾌락은 그녀에게 행복을 제공하기는커녕, 그녀의 내면을 황폐하게 만들고 그녀에게 뼛속 깊이 박힌 아픔을 가져다주었다. 하드롱 씨에 대한 일방적이고 지배적인 성적 욕망은 채워질 수 없는 것이었으며, 도박은 그녀 자신의 경제적 파국을, 정치는 전체 군중의 죽음과 희생을 초래했다. 절망에 빠진 메리는 세상에 대한 희망을 잃고 자신의 아이에게 독약을 먹이려는 극단적 행동까지 생각한다. 그러나 메리는 자신을 포함한 주변 인물들의 세속적 권력 추구를 자의식적으로 바라보고 생각하는 지성적 여성이다. 그녀는 만약 여성이 권력을 가지면 남성과 같아질 수밖에 없는지와 같은 근원적 질문을 던지며 해결책을 모색하고자 한다. "템트웰 부인, 우리는 원래 우리가 보고 들은 대로 행동하려는 모방자에 불과한 것인가요? 아니면 이 모든 것이 인간 마음속에 이미 잠재되어 있는 죄에서 유래하는 것인가요?"(95). 메리의 질문을 다시 풀어 쓰면, '권력을 얻었을 때 여성은 가부장제 남성을 모방할 수밖에 없는 것일까?' '이 세상의 생존 방식은 힘 있는 자가 힘없는 자를 착취하고 지배하는 약육강식의 방식 밖에 없을까?' '세상을 살아가는 다른 방법은 없을까?' '만약 다른 방법이 있다면 그것은 무엇일까?' 다음 절의 논의는 이 질문을 중심으로 전개될 것이다.

3. 템트웰 부인에서 소피에게로: 메리의 자각 과정

가부장제의 남성 전략을 모방하는 전복적이면서도 체제 수호적인 이중적 메리를 그려냄으로써, 워텐베이커는 남녀가 다르지 않다고 주장한다. 여성도 남성과 똑같이 잔혹해져 힘없는 자를 착취하고 학대할 수 있으며, 남녀를 불문하고 권력이나 지력, 혹은 재물을 가진 자가 못 가진 자를 지배하는 것이 현 세상의 기본적 작동 논리라는 점을 명확하게 밝힌다. 이런 맥락에서 워텐베이커는 지배와 착취의 논리가 지배받는 자들에게 뿐만 아니라 주도하는 자들에게도 행복과 안락을 가져다주기는커녕 비애감만 안겨다 준다면, 어떤 방식을 통해 사회변화가 이루어져야 하는가에 대해 깊이 숙고한다. 워텐베이커는 이 문제를 메리의 두 시녀 템트웰 부인과 소피를 통해 풀어낸다.

템트웰 부인과 소피는 계급사회에서 억압받는 주변인들이다. 이들의 각기 다른 생존 방식과 인생관은 억압에 대응하는 두 가지 다른 방식을 대표한다. 3막 7장에서 템트웰 부인과 소피는 다음 대화를 나누는데, 이 대화는 억압받은 두 시녀의 대조적인 태도를 압축적으로 보여준다.

> 소피: 메리 아씨께선 제가 시골에 내려가 아씨의 아기를 돌볼 수 있다고 했어요.
> 템트웰 부인: 절대 안 돼.
> 소피: 제가 아씨의 아기를 맡아 키우는 것을 막지 말아 주세요.
> 템트웰 부인: 메리는 너를 강간했고 너를 창녀로 만들었어. 그리고 메리 때문에 네가 낳은 아기가 비참하게 죽을 수밖에 없었어.

메리가 키우지 않겠다고 한 아기를 키우겠다니 자진해서 메리의 노예가 되겠다고?

소피: 메리 아씨는 우리가 오두막을 짓고 살 수 있다고 하세요. . . .

템트웰 부인: 우리는? 나는 시녀야. 내 것이라고는 아무것도 없어. 작은 땅덩어리도, 시간도 잠도 내 것이라곤 아무것도 없어. 알고 있잖아?

소피: 부인께선 고통스러우신가요?

템트웰 부인: 우리의 고통이 시작된 것은 메리 아버지 때문이야. 나는 우리 어머니께서 배고픔에 지쳐 뼈만 앙상하게 된 채로 돌아가시는 모습을 지켜보아야만 했어. 나는 트라버스 씨 가족 전체를 저주해.

소피: 부인께선 다른 자리를 찾을 수 있을 텐데요.

템트웰 부인: 내가 계획한 일이 끝날 때쯤이면 메리도 우리처럼 하인이 되어 낮아질 수 있지. 소피, 너도 그 일을 도울 수 있을 거야.

소피: 저는 낮다고 생각하지 않아요.

템트웰 부인: 너도 내가 알고 있는 사실을 알면 분노할 거야.

소피: 제가 분노하면, 세상이 더 나빠질 뿐이에요. 절대 안돼요. 저는 분노하지 않을 거예요. 이 의자가 전부인가요?

템트웰 부인: 우리는 함께 일할 수 있어. 내가 네 친구가 되어 줄께.

소피: 부인께서 저를 이 집으로 데리고 오실 때도 그 말씀을 하셨죠.

템트웰 부인: 난 사실 메리가 그렇게 사악하게 변할 줄 몰랐어. 이제 메리는 여러 가지 생각을 하지. 전보다 우리에게 더 나쁘게 대할 수도 있어.

소피: 저는 메리 아씨께서 새로운 세상에 대해 이야기 할 때가 좋아요. 잭도 그렇게 말해요.

템트웰 부인: 새로운 세상이라고? 옛 세상을 없앨 수 있는 방법은

없어. (111-112)

위의 대화에서 드러나듯이 템트웰 부인은 세상을 계급사회로 파악하며, 소피를 자신처럼 버림받고 학대받은 '우리'로, 메리를 소피나 자신의 부류를 지배하는 '그들'로 분류한다. 템트웰 부인의 논리에 따르면, '그들' 가진 자들이 '우리' 갖지 못한 자들의 불행의 원인이므로, '그들'의 착취에 분노해야 하며 '그들'을 파멸시켜야 한다. 무엇보다 소피가 메리의 아기를 키워주는 일은 스스로 종속을 자초하는 일이므로 반드시 피해야 할 일이다.

한편 소피는 템트웰 부인과는 대조적인 관점을 취한다. 소피는 이 세상이 위계질서로 이뤄졌다고 보지 않기 때문에 자신의 사회적 위치가 낮다거나 자신의 일이 비천하다고 여기지 않는다. 따라서 그녀에게 메리를 위해 일하거나 메리의 아기를 키워주는 일이 불쾌한 일이 아니라 타인을 배려하고 장래의 희망이 될 새싹을 돌보는 일이므로 희망적이고 즐거운 일이다. 또한 소피는 가진 자들이 불의를 저질러도 분노하거나 증오심을 표출해서는 안 된다고 생각한다. 그녀는 가해자나 착취자에게 적대감이나 분노를 표하면 세상이 더욱 더 악과 혼돈의 구렁텅이로 빠질 것이라고 생각한다.

템트웰 부인과 소피는 미래에 관해서도 생각이 완전히 다르다. 템트웰은 세상을 결코 개선될 수 없다고 믿는다면, 소피는 새로운 세상의 도래를 확신한다. 비슷한 크기의 억압에 직면한 같은 계층의 이 두 시녀는 상반된 방식으로 억압에 대응한다. 템트웰이 복수의 길을 찾는다면, 소피는 새로운 방식을 찾아 나선다. 이 두 방식은 두 가지 다른 저항 방식, 즉 피억압자가 억압자에게 복수하는 방식과 피억압자가 제안하는 새로운 삶의 방식을 대표한다.

템트웰 부인은 '유혹(tempt)'을 '잘 한다(well)'는 의미를 지닌 그녀의 이름 'Temptwell'이 암시하듯이, 『파우스투스 박사』의 메피스토텔레스와 같은 유혹자라고 할 수 있다. 유혹자 템트웰 부인은 복수자이기도 하다. 엄밀히 살펴보면, 메리의 탈출과 모험은 메리의 자발적인 시도가 아니라 템트웰 부인의 용의주도한 복수극에 의한 것이다. 메리의 탈출과 모험은 메리 입장에서는 자신의 자발적 결정이었지만, 템트웰 부인이 메리 아버지와 그 가족에게 복수하기 위해 벌린 면밀한 작전이었다. 템트웰 부인은 자일스 트라버스에게 받았던 학대와 착취에 대한 보복으로 메리를 자신이 경험한 그 지배와 착취, 학대와 경멸의 현장으로 이끌고 가 그곳에서 메리가 타락하고 절망하도록 유도한 것이다. 성공과 계급 상승을 위해 타인을 착취했으며, 정원에 호수를 만들기 위해 이웃 친구였던 템트웰 부인의 부친 농장을 몰수했던 자일스, 템트웰 부인의 할머니를 가난하고 늙은 노파라는 이유로 마녀로 지목해 처형시켰던 자일스의 동생, 그리고 무엇보다도 가난하고 힘없는 자들을 동정하기는커녕 조롱하고 능욕했던 자일스의 두 형제에 대한 깊은 원한과 증오가 바로 템트웰 부인의 사악한 복수를 이끌어내는 동인이었다.

템트웰 부인은 자일스 가족이 가난한 농민 템트웰 가족을 착취한 바로 그 방법으로 복수를 노렸다. 템트웰 부인의 인생 목적은 '이에는 이, 눈에는 눈'의 법칙에 따라 자일스 가족에게서 받았던 능욕을 자일스 가족에게 돌려주는 것이었다. 일례로, 템트웰 부인은 복수심 때문

에 메리와 자일스의 극적 상봉을 주선하고 둘의 갈등과 결렬을 확인
했다. 템트웰 부인은 통치자 자일스의 동생이 자신의 할머니를 능멸하
는 것을 즐겼던 것처럼, 자신도 자일스가 딸로 인해 굴욕감을 느끼는
것을 즐기고 싶었고 메리가 자신과 마찬가지로 세상의 "잔혹성"을 경
험하고 거기서 쾌락을 느끼기를 원했다(100).

그러나 메리에게는 템트웰 부인과 완전히 다른 시녀 소피가 있다.
길에서 굶주림과 싸우며 떠돌아다니다가 우연히 메리의 시녀가 된 소
피는 템트웰 부인과 같은 사회의 가장자리를 점유한다. 그러나 소피의
사회 대응 방식은 템트웰의 '이에는 이, 눈에는 눈'의 보복과 다르다. 소
피의 생존 방식은 외면적으로는 침묵과 순종으로 일관된다. 소피는 자
신을 성적, 경제적으로 착취하는 메리에게 저항하지 않으며, 메리와 주
변 사람들이 부과한 일들을 충실히 이행한다. 메리 대신 강간당하고 메
리의 성적 교환의 대체물로 이용당해도 불만을 토로하지 않으며, 메리
의 아기를 기꺼이 키워 준다. 가난한 하층민 소피에게 정절의 미덕은
요구되지 않는다. 이런 상황에서, 소피는 고돈 경에게 강간당한 이후
무수한 남성들의 끊임없는 성적 욕망의 대상이 되어 왔지만 저항하지
않았다. 템트웰 부인의 지적대로, 외견상 소피는 "명령받은 것을 그대
로 행하는"(88) 노예와도 같으며, 철저하게 자아를 결여한 여성이다.

그런데 소피가 자아가 없는 것이 아니라 없어 보이는 것이며, 전
략적으로 자아가 없는 사람처럼 행동하는 것임을 주목해야 한다. 고든
경에게 강간당할 때나 메리에게 성적으로 착취당할 때 소피는 전략적
으로 자아를 없애려고 노력한다. 이 점은 소피가 메리에게 전하는 다
음 대사에서 명확히 드러난다.

저는 그 자리에 제가 없다고 느꼈어요. 그 자리엔 다른 누군가가 있었어요. 그리고 전 들판에서 거닐고 있었고요. 그래서 전 그리 신경 쓰지 않아요. 제 오빠도 저를 건드리곤 했었죠. 오빠는 힘이 세니 저는 그런 상황에 처한 저를 제 자신이라고 여기지 않는 법을 배웠죠. 저는 다른 곳에 있었어요. (105)

이러하니 소피의 침묵과 순종은 강요에 의한 것도 무지의 소산도 아니다. 그것은 지배와 착취에 대한 새로운 유형의 저항이다. 이것은 착취를 착취로 그리고 능멸을 능멸로 갚으려는 템트웰 부인의 보복과는 상반되는 새로운 저항 방식이다.

소피는 거의 말을 하지 않지만, 가끔 말을 할 경우 그 안에 메리를 배려하는 마음과 긍정적인 삶의 태도를 담아낸다. 소피가 메리에게 던진 첫 번째 대사는 "어디 몸이 아프세요?"라는 메리의 건강을 염려하는 질문이었으며(103), 메리가 국회로 간다고 했을 때 메리가 권력을 추구하는 것이라고 진단하는 템트웰 부인과 달리 소피는 메리가 사회 전체의 선을 추구하는 것이라고 생각한다(108). 무엇보다 소피는 템트웰 부인과 전적으로 다른 방식으로 세상을 이해한다. 소피의 지적 수준은 높지 않아 생각이나 견해를 물으면 "저는 잘 모릅니다"(104-05)를 반복하지만, 시각과 촉각, 후각으로, 색상과 온도와 냄새로 세상을 느낄 줄 안다. 소피는 메리를 이성적으로 판단하지 않는다. 대신 메리에게서 어렸을 때 그녀가 걸어 다니던 푸른 들판을 본다(104). 메리에 대한 소피의 감정은 감각으로 느끼는 "차가움"과 차가움보다 더한 "열기"이다(105). 사물을 있는 그대로 느끼는 소피가 우둔함을 연기하는 것처럼 보일 수 있다. 그러나 소피에게는 사고, 연기, 전략이 존재하지 않는다. 그녀는 그저 감각으로 느낄 뿐이다.

성, 오락, 정치의 남성 세계를 탐구하는 메리의 일련의 모험은 템트웰 부인의 방식을 그대로 따른 것이라고 할 수 있다. 자본주의와 계급사회의 희생자 템트웰 부인이 자신을 희생시킨 착취자의 방식을 이용하여 자일스에게 보복하였듯이, 가부장제의 희생자 메리 역시 자신을 억압했던 아버지와 남성들, 그리고 힘없는 자들을 지배하면서 권력의 쾌감을 느낀 셈이다. 그러나 템트웰 부인의 '이에는 이 눈에는 눈'의 방식은 단순히 지배-피지배 위계질서와 가해자-피가해자의 위치만 바꿀 뿐 그 체제와 사고방식은 그대로 유지한다. 메리는 이 점을 깨닫고 권력 행사의 쾌감보다는 잔혹한 가해자로서의 슬픔을 느낀다. 템트웰 부인의 방식을 받아 들여 자신을 억압한 아버지에게 일격을 가하지만, 템트웰 부인처럼 적을 고통에 빠뜨린 기쁨을 느끼는 대신 밀려오는 "슬픔. 그리고 허무. 허무함. 시들어 가는 밤의 느낌"을 만난다. 그녀는 "나는 추워"(100)라고 외치고, 이후 점차 템트웰 부인의 충고보다는 소피의 충고에 귀를 기울이고자 노력한다.

이 극은 일면 메리가 템트웰 부인에게서 빠져 나와 소피에게로 접근하는 과정, 가부장적 인식을 교정하는 새로운 방식을 수용하고 세상을 긍정적으로 이해하는 과정을 담는 비희극(tragi-comedy)이라고 할 수 있다. 한편으로 이 극은 템트웰 부인이 인도하는 대로 남성적 방식으로 남성 세계를 잠시 지배했던 메리가 결국 모든 것을 잃고 슬픔에 잠기는 비극이다. 그러나 다른 한편으로 소피가 심리적 어려움에 빠진 메리를 보살핌과 수용의 미학으로 이끄는 희극이기도 하다. 템트웰 부인이 이 극의 한 축인 복수극을 이끈다면, 소피는 다른 한 축인 새로운 방식으로 미래를 설계하는 희극적 정신을 대표한다. 아버지와의 대립적 상봉 이후 메리는 템트웰 부인의 시중을 거부하고 소피와 함께 슬픔을 나누며 대화하기 시작한다. 또 소외 계층의 입장을 담은 소피의 남자 친구 잭의 유토피아적 사고방식도 수용한다.

> 메리: 어느 누구도 다른 사람의 고통을 대가로 쾌락을 누릴 권리를 갖지 못한다. 새로운 세상에서 쾌락을 누릴 권리를 타고 나지 않는 자는 없다. 부정으로 축적된 부가 없고 도둑이 없는 세상을 생각해 보자. (109)

위와 같은 유토피아 사상이 권력을 위한 미끼로 변질되긴 하지만, 소피와 대화를 나눈 후 메리는 점차 템트웰 부인의 약육강식 인생관 대신 소피의 희망적, 감각적 인식 방식을 모방하기 시작한다. "우리의 삶은 즐겁고 자유로워야 하건만 현실은 그렇지 못하다. 그 이유는 우리가 여러 가지 나쁜 냄새들, 말하자면 부자연스러운 관례들과 믿음들의 침입을 받고 있기 때문이다"(115)라고 말하는 메리의 어조는 가장 싫어하는 것이 "나쁜 냄새"(114)라고 말하는 소피의 어조를 닮아 있다.

메리가 정치 혁명에 실패하여 절망에 처했을 때 소피는 메리에게 없어서는 안 될 중요한 사람이 된다. 메리는 오물로 가득한 세상에서 더 이상 헤어날 수 없다는 절망적 진단으로 자신의 아기를 희생시키려는 위험한 생각을 하는데(125), 이때 침묵으로 일관했던 소피가 단호한 태도로 메리의 잘못을 지적한다. 소피는 엄격한 스승처럼 메리의 절망을 꾸짖고 메리를 새로운 사고방식과 새로운 생각으로 안내한다. 즉 소피는 메리에게 가부장제의 남성들처럼 멀리서 (공적인 현장에서 추상적으로) 보는 법을 배격하고 가까운 곳으로부터 (사적인 영역으로부터 구체적으로) 사물을 보는 법을 가르쳐 준다. "메리 아씨께서는 어떻게 생각해야 되는지 모르시는군요. 아씨께서는 너무 멀리서, 즉 너무 앞서서 또는 너무 뒤에서 생각하세요. 만약 아씨께서 아주 가까이에서 보실 수만 있다면 . . ."(125) 그리고 경쟁, 착취, 절망적 현실이 아니라 깨끗하고 신선한 "아침"과 광장을 걸을 때 창살 사이로 비치는 희망의 "빛"을 생각해야 한다고 강조한다(125-26).

　　소피의 가르침은 메리를 절망에서 벗어나 자각과 성숙에 이르게 하는 중요한 전환점이 된다. 권력자들에게 자주 나타나는 착취와 학대의 참 원인이 무엇인지 숙고했던 메리는 소피를 통해 그 질문에 대한 답을 얻는다. 메리는 먼저 템트웰 부인이 택하고 자신이 잠시 맛보았던 착취의 쾌락이 세상의 수많은 추악한 것들 중 하나임을 수용할 정도로 포괄적 시각을 갖춘다. 또한 메리는 극단적 증오심에 불타오르는 템트웰 부인의 태도는 (남녀, 빈부, 계급 차이 여하를 막론하고) 누구도 빠져나오기 어려운 중독 상태에서 유래한 것이라는 성숙한 시각도 보여준다. 성숙한 메리는 지금까지 소피에게 맡겨 키우던 아기를 직접 키우겠다고 결심한다(126). 메리가 마침내 가까이에서 보는 법을 알게 되고 아기에게서 소피가 보도록 인도했던 "아침"과 "빛"을 본 것이다. 템트웰 부인과 소피의 대조적 목소리가 시소처럼 엇갈리는 이 극의 마지막 부분은 말로의 『파우스트박사』에서 파우스트에게 충고하는 착한 천사와 나쁜 천사, 또는 착한 노인과 헬렌의 대조적 목소리를 연상시킨다. 그러나 나쁜 천사와 헬렌의 유혹을 선택하는 용감한 파우스트와 달리, 메리는 죽음과 절망의 길을 안내하는 템트웰 부인 대신 희망과 사랑의 길로 인도하는 소피의 아름다운 노래를 선택한다. 메리는 소피의 노래에서 진정한 의미의 우아함을 발견한 것이다.

4. '우아함'의 재정의

메리 트라버스의 여행은 이런 의미에서 우아함을 재정의하는 여행이라고 할 수 있다. 메리의 모험은 그녀의 아버지가 정의내린 관습과 타성의 우아함, 착취와 지배의 수단으로서의 우아함에서 벗어나 자유와 창조의 우아함, 사랑과 용서의 아름다움을 향해 떠난 여행이다. 그러나 워텐베이커는 소피의 아름다운 음악에 귀 기울이고, 음악으로 위로받아 메리가 너그러운 마음으로 세상의 타락한 역사를 용서하고, 아기의 부드러운 피부를 만져보는 낭만적인 장면으로 극의 결말을 맺지 않는다. 워텐베이커는 소피가 메리에게 아기를 건네주고 노래를 부르는 마지막 순간 죽음을 앞둔 잭에게 조명을 비춤으로써 세상은 소피와 메리가 평화롭게 아기를 키우며 안주하는 낭만적 공간이 아니라는 것을 강조한다. 가난하지만 희망을 잃지 않았던 무고한 잭의 죽음은 우아한 음악에 귀의하는 것이 만사형통의 길이 아님을 알려준다. 세상의 추악함을 덮어 버리는 아름다운 노래는 억눌린 마음을 위로하는 방편일는지는 모르지만 현실을 살아가는 마지막 해결책은 아닌 것이다.

감성에 기초한 소피의 새로운 인식 방식은 개인적 차원에서 메리를 깨달음으로 이끌지만 세상을 급전환시킬 만큼의 힘은 아직 갖지 못한다. 각성한 메리도 이러한 현실에 직면하여 자신이 재정의한 우아함의 의미를 되새겨본다. "이 세상에 우아함이란 존재할 수 없는 것일까? 존재한다면 어디에 존재하는 것인가?"(128) 온갖 환난에도 묵묵히 인내하며 긍정적 태도를 견지했던 소피는 무고한 잭의 죽음 앞에 무너진다. 소피도 지난날 메리처럼 절망감에 빠진다(129). 이제 메리가 아니라 소피가 메리의 성숙한 비전의 인도를 받아야할 학생이 된다. 악을 포함한 세상의 모든 것은 전체의 부분이라는 메리의 포괄적 비전은 사랑과 보살핌의 윤리와 감각적 인식 방식에만 기초한 소피의 대안을 보완한다.

개인의 변화도 어렵지만 세상의 변화는 더 어렵다. 이제 소피를 팔에 안고 퇴장하는 메리는 소피를 마음대로 학대해도 되는 시녀가 아니라 함께 세상의 짐을 함께 나누는 친구로 여길 만큼 성숙한 여성이다. 그러나 잭처럼 가난하고 힘없는 자들이 목소리를 내지 못하고 희생되는 현실이 엄연히 현존한다. 어떻게 해야 세상이 변화할까? 앞서 살펴보았듯이 메리의 정치적 혁명은, 한편으로는 거창한 슬로건과 유토피아적인 꿈에도 불구하고 보복이나 착취와 같은 이 세상의 오염된 방식을 그대로 차용하기 때문에, 다른 한편으로는 권력 지향적 정치가들에 의해 이용당하기 때문에 오히려 더 세상을 악화시킨다. 그렇다고 소피가 제시한 개인적 인식 전환이 당장 세상을 변화시키는 것도 아니다. 그럼에도 불구하고 워텐베이커는 정치적 혁명을 통한 급진적 변화의 실패와 템트웰 부인의 인도 아래 메리가 시도했던 지배 정치학의 허점을 강력하게 지적함으로써, 소피가 주장하는 '가까운 곳에서 보기, 보살핌과 사랑의 미학, 감각적 인식'의 우월성을 강조한다. 그리고 변화된 개인들은 그들을 에워싼 현실이 비관적으로 보일지라도 절망해서는 안 된다고 경고한다. 워텐베이커는 이 극에서 "우리는 함께 슬퍼할 수는 있지만 결코 절망해서는 안 된다"며 소피를 위로하는 메리의 대사를 통해 언젠가는 우리가 이 세상에서 우아함을 찾을 수 있으리라는 희망을 전달한다.

잭의 죽음에도 불구하고 음악은 필요하다. 비록 극의 마지막에 흘러나오는 슈베르트의 선율이 당장 암울한 세상을 아름다운 세상으로 변화시키지는 않을 것이다. 그러나 그것은 사랑과 화해의 길을 인도하는 안내자는 될 것이다. 음악이 지나간 뒤에 평화로운 정원에서 메리와 소피, 자일스와 메리, 그리고 메리와 메리의 딸이 각각 화해하고, 특히 트라버스 가족이 그 화해의 장에서 템트웰 부인을 수용하는 모습은 '가까운 곳으로부터의 작은 변화'가 모이고 축적되었을 때 세상의 변화가 가능할 수 있다는 워텐베이커의 입장을 전달한다. 아직 개인적으로 작은 변화를 경험한 이들이 찾고 있는 세상의 찬란한 아름다움이나 당장의 빛나는 빛은 없다. 그러나 메리는 아직은 세상이 혼돈스럽지만 언젠가 더 이상 혼돈스럽지 않게 될 날이, 그래서 이 세상을 완전히 이해하고 또 사랑하는 법을 알게 될 날이 반드시 도래할 것이라고 믿는다.[11] 이 같은 견해는 앞서 인용한 "작은 변화가 보다 큰 변화들을 이끌어 낼 수 있습니다"는 워텐베이커의 기본 입장을 반영한

---

11) Sullivan은 필자와 달리 이 부분에서 워텐베이커의 회의적 태도를 발견한다.

다. 이때 기억해야 할 점은 소피의 마지막 지적과도 같이 우리가 살아
온 암울한 역사를 잊어서는 안 된다는 사실이다(129). 그리고 역사의
중요성은 역사를 반복하는 데 있지 않고 역사를 개선해 나가는 데 있
다. 극작가 워텐베이커가 이 극의 배경으로 18세기 역사를 택한 것도
이런 의미에서 의의가 있을 것이다.

참고문헌

1차 자료

Churchill, Caryl. *Top Girls*. 1982. Samuel French, 1984.

Wertenbaker, Timberlake. *The Love of the Nightingale and The Grace of Mary Traverse*. 1985. Faber and Faber, 1989.

말로, 크리스토퍼. 『탬벌레인 대왕/몰타의 유대인/파우스투스 박사』. 강석주 옮김. 문학과 지성사, 2002.

처칠, 캐롤. 『최상의 직업여성들』. 오경심 옮김. 예니, 2001.

2차 자료

Irigaray, Luce. *This Sex Which Is Not One*. Trans. Catherine Porter. Cornell UP, 1985.

Mulvey, Laura. "Visual Pleasures and Narrative Cinema." *Visual and Other Pleasures*. Indiana UP, 1989. 14-26. Originally in *Screen* 16.3 (1975): 6-18.

Sullivan, Esther Beth. "Hailing Ideology, Acting in the Horizon, and Reading between Plays by Timberlake Wertenbaker." *Theatre Journal* 45 (1993): 139-54.

Wertenbaker, Timberlake. "Introduction." *Plays One*. Faber and Faber, 1996. vii-ix.

Wollstonecraft, Mary. *A Vindication of the Right of Woman*. 1792. Ed. Miriam Brody. Penguin, 1975.

드워킨, 안드레아, 『포르노그라피』 1979. 유혜련 옮김. 동문선, 1996.

루쏘, 장자끄. 『에밀』 1763. 김평옥 옮김. 집문당, 1984.

푸코, 미쉘. 『감시와 처벌』 1975. 오생근 옮김. 나남출판, 1994.

5장

시각장애 여성의 내면 여행과 은밀한 저항
브라이언 프리엘의『몰리 스위니』

1. 『몰리 스위니』를 읽는 하나의 시선

『몰리 스위니』(*Molly Sweeny*, 1994)는 40년간 맹인으로 살다가 개안 수술 후 정신적 혼란을 겪고 정신병동에 감금된 여성 몰리(Molly)의 내면세계를 추적한다. '정신병동의 여성'은 브라이언 프리엘(Brian Friel, 1929-2015)이『몰리 스위니』집필 시기를 전후한 1993년부터 1997년 사이 유독 관심을 가졌던 인물 유형이다. 『몰리 스위니』보다 1년 먼저 집필된『신비로운 테네시』(*Wonderful Tennessee*, 1993)는 '날아다니는 집'에 관한 환상적 우화를 말한 후 바다 속으로 뛰어드는 신경쇠약증 여성 버나(Berna)를 등장시킨다. 『나에게 답해줘, 어서』(*Give Me Your Answer, Do!*, 1997)는 어린 시절부터 정신병동에서 살고 있는 작가 탐

(Tom Connolly)의 자폐증 딸 브리젯(Bridget)을 소개한다. 그런데 『신비로운 테네시』와 『나에게 답해줘, 어서』에서 프리엘은 정신적으로 병약한 여성들을 정신적 고통으로 신음하는 현대인의 상징으로 제시할 뿐 그들의 내면으로 침잠하지도 그들의 주체적 목소리를 들려주지도 않는다. 이에 비해 『몰리 스위니』는 선의를 지닌 남성들의 영향 하에 정신적으로 고통 받는 시각장애 여성 몰리의 내면을 자세히 관찰하고, 더 나아가 개안수술 후 정

『브라이언 프리엘: 파버 비평 가이드』 책 표지 속 브라이언 프리엘

신병동에 감금된 몰리의 정신적 여정을 추적한다. 이 글은 『주술치료사』(*Faith Healer*, 1979)를 비롯한 프리엘의 다른 작품들, 프리엘이 『몰리 스위니』 서문에 넣은 19세기 미국 여성 시인 에밀리 디킨슨(Emily Dickinson, 1830-1886)의 시, 철학자 엠마누엘 레비나스(Emmanuel Levinas, 1906-1995)의 이론에 기대어 『몰리 스위니』의 시각장애 여성 몰리가 정신적 고통을 딛고 여성적 윤리 미학을 찾아가는 내면 여행을 살펴본다.

이 글은 한편으로는 몰리를 두 가지 인식 방법 사이에서 갈등하는 인물로 본 F. C. 맥그라스(F. C. McGrath)와, 다른 한편으로는 몰리를 아일랜드 가부장 권력의 희생양으로 보는 카렌 몰로니(Karen M. Moloney)와 유사한 논지를 전개한다. 맥그라스의 글처럼 이 글은 촉각적 세계관과 시각적 세계관 사이에서 고통을 겪는 몰리의 심리상태를

들여다보고 몰리에게서 "예술가에 대한 은유"(277)를 찾는다. 그러나 몰리 내면의 대립적 충돌을 강조하는 맥그라스와 달리, 이 글은 몰리가 내면적 고통을 극복한다는 입장을 취하고 몰리가 여성 시인 디킨슨처럼 비스듬히 저항하며 자신의 주체적 목소리를 내는 과정을 추적한다.

한편 이 글은 남성들에 의해 정신병원에 감금된 몰리에게 관심을 갖는 면에서 몰로니의 글과 한 지점을 공유하지만 몰로니의 탈식민주의 관점은 지양한다. 대신 엠마누엘 레비나스가 『전체성과 무한』(Totality and Infinity, 1961)에서 전개한 '전체성과 타자'에 대한 성찰을 끌어 들여 몰리에게 작용하는 은밀한 지식-권력의 작동 과정을 '전체성' 논리로, 몰리의 예술과 윤리적 시선을 '타자'의 관점으로 해석한다. 즉 이 글은 정신병동의 몰리를 지식-권력의 노동에 몰입하는 남성들을 뛰어넘는 예술가이자 타자의 얼굴을 대면하는 윤리적인 주체로 평가한다.

이 글이 의존하는 또 다른 자료들은 프리엘의 다른 작품들이다. 특히 이 글의 전반부에서 몰리의 정신적 통증을 『주술치료사』의 주술치료사/예술가 프랭크가 겪는 내적 고통과 비교함으로써 여성 예술가 몰리와 남성 예술가 프랭크의 차이를 통해 몰리의 여성적 특성을 부각시킨다. 후반부에서는 몰리가 몸의 예술가에서 타자의 부름에 응하는 여성 예술가로 변화하는 과정을 프리엘의 『신비로운 테네시』나 『나에게 답해줘, 어서!』와의 비교를 통해 예술가 몰리 이해의 지평을 넓힌다.

2. 남성 예술가 프랭크와 여성 예술가 몰리의 비교

『주술치료사』의 프랭크는 예술에 비견되는 (자신도 모르게 발동되는) 신비로운 능력인 주술로 만나본 적이 없고 앞으로도 만나지 않을 타자들을 끊임없이 치료한다. 그러나 타자들에게 봉사하는 프랭크의 치료는 외면적 이타성에도 불구하고 이기적인 행위라고 할 수 있다. 주술 치료에 몰입하는 가운데 그는 자신의 주변사람들, 특히 애인이자 아내인 그레이스(Grace)와 매니저 테디(Teddy)에게 심리적 고통을 가하기 때문이다. 그는 오로지 자신과 자신의 주술치료술에 몰입하며, 그 치료 행위에서 세상과 "사람들을 그 자신의 개인적 완벽함의 기준에 따라 재창조하는"1) 예술적 통로를 찾고자 한다. 프랭크에게 그가 치료한 사람들은 실제 존재하는 사람들이 아니라 "오로지 그 자신 때문에 존재하게 된 그 자신의 확장이요 그의 픽션"(345)이다. 이 점에서 주술치료사인 그는 은유적 차원에서 예술가이다.2) 그는 주술 치료를 통해 환자들이 아니라 자기 자신을 완벽하게 만들고자 하며, 치료에 성공하는 순간 "그 자신이 스스로 전체가 되고 스스로 완벽해지는"(333) 충만감을 느낀다. 그러나 그레이스가 지적하는 것처럼 그의 "탁월성, 완벽성"(346) 추구가 오히려 그를 불안과 고통으로 몰고 간다. 기적의 주술능력이 언제나 그에게서 작동되는 것이 아니며 또 언제나 그가 자신

---

1) Brian Friel의 *Faith Healer*는 *Brian Friel: Plays 2* (Faber & Faber, 1999) 327-76쪽에 수록되었으며 인용 쪽수는 345쪽이다. 앞으로 이 극의 대사 인용은 쪽수만 표시하며, 모든 이 극의 대사 인용은 필자의 번역에 따른다.
2) 프리엘은 프랭크의 주술을 예술 활동의 은유가 될 수 있다고 밝힌 바 있다. Murray 111 참조.

과의 완전한 결합을 경험하는 것이 아니기 때문이다.

완벽을 추구해가는 과정에서 프랭크를 가장 괴롭히는 것은 자신의 주술 능력에 대한 불신이다. 프랭크는 "나는 나만의 기막힌 재능을 타고난 것일까? . . . . 나는 사기꾼인가?"(333)라고 자문하며 탁월한 재능인과 사기꾼이라는 상반된 자기 평가 사이에서 고뇌한다. 그의 마음 속에서는 불완전한 것들을 완전하게 재창조하고자 하는 욕망, 이에 따른 불안감, 불안한 내면을 끊임없이 바라보고 진단하려는 자의식이 충돌하며 소용돌이를 일으킬 뿐이다. 그리고 이 질문에 대한 답을 찾을 수 없는 괴로운 상황이 지속되자 그는 결국 자신을 죽음으로 몰아넣는 극단적 방식을 택한다. 고향 밸리 백(Bally Bag)에서 열린 마지막 치료에서 그는 자신의 주술치료술이 작동하지 않을 것과 그럴 경우 고향사람들에 의해 죽임을 당할 것이라는 것을 예감한다. 그러나 그는 자신의 경이로운 능력이 소멸되는 것을 받아들일 수 없어서 자신을 희생 제물로 바치는 길을 선택한다. 하지만 그는 이 마지막 죽음의 순간 "처음으로 간단한, 진정한 의미의 귀향을 경험하고. . . . 처음으로 가슴을 옥죄는 공포가 사라지고 그 미치듯이 요동쳤던 질문들이 고요해지는 것"(376)을 경험한다. 프랭크를 괴롭혀왔던 "미치듯이 요동쳤던 질문들"이 마침내 그의 죽음 앞에서 고요해진 것이다.

한편 안마사로 일하는 시각장애 여성 몰리는 주술치료사 프랭크처럼 예술적 자기완성을 향한 열망과 자기 파괴적 성찰로 고통에 휩싸이지 않는다. 시력이 없어도 몰리는 자신이 결핍된 삶을 산다고 느껴본 적이 없다. 오히려 그녀는 자전거 타기나 춤추기와 같은 일상의 작은 일들에서 기쁨을 느끼고 "완전한 삶"3)의 충만감을 느낀다. 특히 수영할 때 그녀는 몸의 "모든 구멍이 순수한 감각의 세계, 감각 그 자체만을 위해 열리"는 체험을 하며, "자신을 껴안아주는 물살 사이를 재빠르게 리듬에 맞춰 움직일" 때 자신감과 자유를 얻고, 물살과 합일하는 충만함을 만끽한다(15). 시각장애인 몰리는 큰 노력 없이 일상생활에서 몸과 촉각으로 주술치료사 프랭크가 갈구하는 예술적 완전의 경지에 이른다. 프랭크처럼 열망하지도 분석하지도 않는 몰리에게 그녀의 몸과 촉각은 내면의 리듬을 자유롭고 확실하게 표현할 수 있는 힘을 부여한다. 레비나스의 용어로 풀어 쓰면, 프랭크가 치유의 노동을 진행하면서 타자들을 '나'의 영역으로 환원하여 자아를 유지하려다 (전체화시키려다) 실패했다면, 몰리는 삶의 터전인 요소의 세계(공기, 빛, 물, 땅 등의 삶의 터전)4)를 있는 그대로 받아들이고 향유하면서 자아를 유지하며 기쁨을 만끽한다.5) 몰리의 이러한 향유는 타자를 나의 노동과 소유의 대상으로 삼는 자기중심적 주술치료사 프랭크의 내적 고뇌와 정반대이다.

그러나 몰리는 남편 프랭크(Frank)6)와 안과 의사 라이스 씨(Dr. Rice)의 권유로 개안수술을 받기로 결심하면서 내적 고통의 거친 파도와 만나기 시작한다. 수술을 앞두고 벌어진 파티에서 몰리는 시력을

---

3) Brian Friel, *Molly Sweeny* 6. 앞으로 이 극 인용은 쪽수만 표시한다. 이 번역을 포함한 이 극의 모든 번역은 필자의 번역이다.
4) 레비나스(Levinas)에 따르면, 요소의 세계란 좋은 음식, 공기, 빛, 구경거리, 일, 생각, 잠과 같이 삶 내용을 채워주는 우리 삶의 환경을 일컫는다. *Totality and Infinity* 110-114, 130-34 참조.
5) 관련 레비나스 이론은 *Totality and Infinity* 158-66 참조.
6) 몰리의 남편으로『주술치료사』의 프랭크와 이름이 같다.

되찾을 수 있다는 기대감이 아니라 "완전한 절망감"(23)과 직면한다. 그녀는 자신이 눈을 뜨게 되는 순간 지금까지 알았던 세계와는 완전히 다른 세계로 밀려나고 자신만의 방식으로 친지들과 관계를 맺지 못할 것을 예감하고 공포에 사로잡힌다(23). 알지 못하는 세계로 "추방되어 멀리 보내진다는 공포"(24)가 그녀를 갑자기 "격렬하고 걷잡을 수 없는 분노의 춤"(24)으로 인도한다. 수술이후 눈을 뜬 그녀는 잠시 엿본 시각적 세상에 대한 "경이감"과 "환희"(47)를 느끼지만, 얼마 안가서 수술 전의 공포와 분노의 상태를 넘어 혼돈과 절망의 나락으로 떨어진다. 눈을 뜬 몰리는 시각이 없었을 때 그녀에게 충만감을 주었던 수영도, 격렬한 저항의 춤도 출 수 없다는 것을 직시한다. 몰리는 "시각세계로 짧은 여행"(36)을 마치고 촉각적인 "내 세상의 집"(37)으로 돌아올 마음으로 수술에 임했었다. 그러나 시각 세계에서 그녀는 안개 속처럼 희미한 "빛, 색깔, 움직임의 혼돈"(37)을 만나고, 몸의 온전한 감각 대신 복잡한 생각을 얻는다. 눈을 뜬 그녀에게 요소 세계의 물체들은 모두 "알지 못하는 곳에서 갑자기 출몰해 겁을 주는 유령"(48)처럼 보이고, "심지어는 정원에 갑자기 날아온 참새들도 공격적이고 위험하게"(48) 여겨진다. 몰리는 "아주 먼 외국"(47)으로 추방된 것과 같은 불안감을 견디기 위해 눈을 감고 마음에 평화가 오기를 기다려보지만 실패한다. 그러나 몰리의 고통은 자신을 죽음으로 몰아갔던 주술치료사 프랭크의 고통과는 완전히 다르다. 즉 몰리는 시계추처럼 요동치는 마음속에서 눈을 떴지만 아무것도 보지 못하는 "인지불능"(55) 증세로 괴로워한다. 그리고 절망감이 극대화되자 그녀는 높은 바위 꼭대기에서 차가운 바다 속으로 뛰어든다.

주술치료사 프랭크가 자기만의 완벽한 세계를 확보하고 타인을 자신의 일부로 동일화하는 과정에서 자신의 타고난 능력 및 예술의 가치에 대한 실존적 고민으로 고통에 시달렸다면, 몰리는 남성들의 강요로 개안 수술을 받은 후 평정과 향유의 기쁨을 잃고 촉각의 고향에서 추방당하는 아픔을 겪는다. 구체적으로 남성들의 어떤 행위들이 몰리에게 상처와 아픔을 가져다준 것일까?

3. 몰리의 주변 남성들

개안 수술을 앞두고 열렸던 파티에서 몰리는 다음과 같이 분노를 표출한다.

> 내가 왜 이 수술을 받으려는 거지? 이것은 나의 선택이 아니야. 그렇다면 왜 이런 일이 내게 일어난 거지? 나는 이용당하고 있어. 물론 난 프랭크를 믿어. 물론 라이스 씨도. 하지만 그들은 자신들이 나에게서 무엇을 빼앗아가고 있는지 모를 거야. 나에게 제공하려는 것이 무엇인지 그들이 어떻게 아느냐고? 그들은 몰라. 알 수 없어. 내가 얻는 것이 있을까? 어떤 것이라도? 어떤 것이라도? (23)

이 몰리의 항변은 몰리가 자신의 고통이 남편 프랭크와 의사 라이스 씨에게서 유래한 것임을 명확히 밝혀줄 뿐 아니라, 두 남성에 대한 그녀의 복잡한 심정을 드러낸다. 몰리는 한편으로는 개안 수술로 자신에게 기적을 안겨주려는 남편 프랭크와 의사 라이스 씨의 선의를 받아

『몰리 스위니』 책 표지

들인다. 그러나 다른 한편으로는 개안 수술이 자신에게서 중요한 무엇을 빼앗아가고 자신을 절망으로 이끌 것이라고 직감한다. 즉 몰리는 자신이 신뢰하는 두 남자가 어느 면에서 자신을 이용하고 있다는 생각에 괴로워한다.

이 극을 구상할 시점 프리엘은 일기에 "두 남자들[프랭크와 라이스 씨]이 그녀에게 시력을 강요한다. 그 과정이 그녀를 죽인다"(Murray 158)고 적은 바 있다. 이 말은 푸코의 지식-권력 이론을 빌려와, 몰리를 각각 법률, 철학, 의학 지식을 겸비한 몰리의 아버지, 남편, 의사가 자비로운 교육이나 수술에 의거, 순종적인 '유순한 몸'으로 만들어 낸 것이라고 해석할 여지를 준다.[7] 그러나 몰리의 아버지, 남편 프랭크, 의사 라이스 씨의 몰리에 대한 권력 행사 과정을 푸코의 지식-권력 작동의 예라고 보는 것은 무리이다. 이들의 지식 담론은 체계적인 앎의 체계를 갖고 있지 않을 뿐 아니라 시각장애 몰리를 정상인으로 개조하기 위한 미시 권력의 교묘한 술책으로 작동하지도 않는다. 몰리의 아버지, 남편 프랭크, 의사 라이스 씨의 지식은 보이지 않게 몰리를 조종하는 은밀한 권력이라 보기보다는, 오히

---

7) 푸코(Michel Foucault)의 『감시와 처벌』과 『성의 역사 제 1권: 앎의 의지』 참조.

려 자신들의 이기적인 목적을 위해 타자인 몰리를 자신들의 논리에 일치시키는 레비나스의 동일화, 즉 자신 외부의 것들을 자기 것으로 만들고자 하는 전체화 과정의 권력행사로 보인다.

레비나스는 『전체성과 무한』에서, 요소 세계(우리 삶의 터전)가 갖는 위협에 대처하기 위해 주체는 세계에 거주하고, 노동과 지식을 통해 세계를 정복하고 관리하며 자신의 소유로 삼는다고 주장한다. 레비나스에 따르면, 거주, 노동, 소유, 지식의 행위들은 주체가 요소 세계의 위협을 벗어나 자신을 보호하도록 해주며 주체에게 자유를 선사한다. 그러나 이 행위들은 낯선 타자를 나의 영역(동일자의 영역)으로 환원하고 모든 것을 나의 것으로 동일시하고 전체화하는 면에서 매우 자기중심적이다(114-20, 152-80).8) 외견상 선의와 사랑의 발로로 보이는 몰리의 아버지, 남편 프랭크, 의사 라이스 씨의 지식과 이를 바탕으로 한 교육은 몰리라는 타자의 절대적 다름을 인정하지 않은 채 모든 것을 나의 영역으로 전체화하는 행위, 즉 타자 몰리를 자신의 노동과 소유의 대상으로 삼는 이기적이며 폭력적인 행위이다.

몰리의 아버지는 몰리의 개안 수술과 이어진 그녀의 내적 고통과 직접적인 연관 관계가 없어 보인다. 그러나 그는 어린 시절 시각장애인인 몰리의 교육에 전적인 책임을 맡으며 몰리의 세계관을 형성시킨 일등공신이다. 그는 몰리를 학교에 보내지 않고 아버지인 자신만을 신뢰하게 함으로써 몰리가 친구들과 만나 교류하고 스스로 자신의 세계

---

8) 강영안 『타인의 얼굴-레비나스의 철학』 140-44 참조. 레비나스를 풀이하면서 강영안은 노동과 소유뿐만 아니라 인간의 지식도 전체화의 수단이라고 설명한다.

를 완성할 기회를 빼앗았다. 뿐만 아니라 그는 아버지인 자신에 대한 몰리의 전적인 신뢰를 유도함으로써 그녀의 어머니에 대한 이해도 차단시켰다. 아픈 어머니 곁에 그녀가 가까이 머물러 있게 하기 위해서 그녀를 맹인학교에 보내지 않았다는 아버지의 주장에도 불구하고 몰리는 어머니와 친밀하게 지내지 못했고 아버지의 관점에서만 어머니를 바라보았다. 아버지가 제공하는 교육을 받으며 아버지의 딸로 살았던 몰리는 아버지의 "위스키 냄새"에 매료되고 "기쁨에 찬 아버지의 목소리"(3)에서 기쁨을 찾았고, 그런 가운데 어머니의 시각으로 세상을 보지 못했던 것이다. 그리하여 몰리는 텅 빈 넓은 집에서 외로움과 싸우며 시각장애 딸과 알코올 중독 남편을 견뎌내야 했던 어머니의 심리적 고통을 알지 못했다. 또한 사물과 이름 사이의 정확한 일치를 믿었던 아버지의 딸로서 사실과 증언이 아닌 환상 혹은 상상의 방법으로 세상을 이해할 수 있다는 것도 인식하지 못했다. 몰리는 나중에야 아버지가 구두쇠라서 자신을 맹인학교에 보낼 수 없었다는 것을 인지하고, 아버지의 법률적 지식과 교육이 이기심의 발로이자 주변 모든 것을 아버지 자아 속에 전체화하는 자기중심적 행위의 수단이었다는 것을 깨닫는다.

몰리 아버지와는 "모든 면에서 다 달랐던"(28) 남편 프랭크도 몰리를 교육하고 몰리를 자신의 세계로 환원하는 면에서만은 몰리 아버지의 더블이다. 정확한 몰리의 아버지가 몰리에게 매일 똑같이 반복되는 계획적이고 빈틈없는 교육을 제공했다면, 늘 새로운 목표를 세우고 그 목표를 향해 돌진하는 프랭크는 몰리의 시력 회복이라는 새로운 과업에 모든 열정과 노력을 바친다. 프랭크는 몰리가 수술로 "잃어버릴 것이 아무것도 없으며"(6), 시력을 회복하면 자신과 몰리에게 "새로운 세상, 새로운 삶"(17)이 전개될 것이라고 굳게 믿으며 몰리에 관한 각종 문서들을 정리한다. 나아가 그는 독학으로 윌리엄 몰리뉴(William Molyneux, 1656-1698), 존 로크(John Locke, 1632-1704), 조지 버클리(George Berkeley, 1685-1753) 사이에서 벌어진 시력과 지식의 관계에 관한 철학적 논쟁을 탐독한다. 그리하여 몰리 아버지가 그녀를 아버지의 딸로 만든 것처럼 그도 그녀를 남편의 충성스러운 아내로 만드는 데 성공한다. "다르고 이상한 것이라면 사족을 못 쓰는"(32) 프랭크의 성향을 어느 정도 간파하면서도, 몰리는 법관 아버지를 믿었던 것처럼 열정과 풍부한 철학적 지식으로 무장한 그를 신뢰하며 그를 "기쁘게 하기 위해"(7) 개안 수술 제안에 동의한다. 이후 프랭크는 눈을 뜬 몰리에게 사물의 이름을 가르치는 교사 역할을 하며 어린 시절 몰리를 가르쳤던 몰리 아버지의 후계자가 된다. 프랭크는 몰리의 개안 수술 후 "매일 밤, 일주일의 일곱 밤"(47)을 몰리의 촉각적 인지 방식을 시각적 인지 방식으로 바꾸는 교육에 헌신한다. 몰리의 아버지처럼 그는 몰리가 사물의 이름을 말할 때마다 "훌륭해"(47)라고 칭찬하며, 몰리로부터 세상에서 가장 인내심 많고 친절한 사람이라는 말을 듣는다(46).

프랭크는 상식적으로는 도저히 희망이 없어 보이는 괴상한 대의명분을 위해 절제되지 않은 열정을 바치는 특이한 사람이다. 그에게 시각장애인 몰리는 그의 넘쳐나는 에너지를 쏟아 낼, 나이지리아 자선단체, 이란 산 염소, 풍력발전 배터리, 노르웨이 고래, 호숫가 두더지, 이디오피아의 경제와 같은 탐구 대상이다. 프랭크는 홍수로부터 두더지를 구하려는 박애주의 태도로 몰리에게 접근해 개안 수술을 시키고,

시차적응을 못하는 이란 산 염소를 키우기 위해 새벽 3시에 일어나 밥을 주었던 열정으로 몰리를 돌본다. 그는 정신과 전문의 부부인 진 오코너(Jean O'Connor) 박사와 조지 오코너(George O'Connor) 박사를 초빙하여 몰리 병력의 문서화 작업을 맡기고 그들에게서 지속적으로 의학적 자문을 구한다. 프랭크에게는 수술 후 정신적 혼돈에 빠진 몰리도 시각장애인 몰리만큼이나 그의 박애주의 이념 실현을 위한 대상이자 수단이다.

그러나 몰리가 더 이상 회복 기미가 보이지 않자 프랭크는 (두더지 구조 작업이 실패했을 때 "세상에서 제일 재미있는 일"(61)을 한 것으로 치고 그 일을 포기했던 것처럼) 몰리를 마음에서 완전히 지우는 이기적 면모를 드러낸다. 프랭크에게 몰리의 눈을 뜨게 하는 일은 라이스 씨의 지적대로 "항상 고귀한 것을 추구하는 사람"(62)에게 어울리는 자기중심적인 사업에 불과했던 것이다. 즉 그에게 눈 뜬 후 정신적 혼란을 겪는 몰리는 아일랜드에 와서도 이란의 시차에 따라 행동하는 이란 염소 혹은 새로운 둥지를 받아들이지 못하고 필사적으로 옛 둥지로 되돌아가는 두더지와 같은 실패한 탐구 대상일 뿐, 아픔을 함께 나누어야 할 사랑하는 아내가 아니다. 그는 결국 이디오피아 경제 개혁이라는 새로운 탐구 대상을 찾아 몰리 곁을 떠나는데, 이는 몰리 아버지처럼 그도 이기적이라는 것을 상징적으로 드러낸다. 프랭크는 나중 잠시 양심의 가책을 느끼고 "하느님 절 용서해주세요. 내가 그렇게 저급하게 굴려고 한 것은 아니었어요"(53) 혹은 "나도 다른 사람들만큼이나 진짜 나쁜 놈이었지. 나도 그녀를 실망시키는 데 한 몫 했으니까"(57)라고 고백한다. 그러나 그 고백이 "늘 무언가에 홀려서 . . . 뭔가를 찾는"(12)

그에게 상처받은 몰리와 새로운 관계를 맺도록 이끌지는 못한다.

안과 의사 라이스 씨는 자신의 부인 마리아(Maria)를 연상시키는 독립적이며 자신만만한 몰리에게 이끌린다. 그러나 그는 여기서 그치지 않고 몰리의 아버지와 몰리의 남편 프랭크처럼 몰리의 교육자를 자처한다. 그는 몰리가 수술 후 안대를 푼 후 손 움직임을 인지하자 기쁜 마음으로 "정말 훌륭해요! 영리하신 분!"(42)이라며 몰리를 칭찬하는데, 이 모습까지 몰리의 아버지나 남편과 닮았다. 몰리 아버지의 말을 연상시키는 이 칭찬은 몰리가 꽃 이름을 정확하게 맞출 때, 그녀가 지팡이 없이 혼자 걸어갈 때, 회복되는 눈을 검진할 때도 반복된다. 그러나 라이스 씨는 교육자로서보다는 유능한 안과 전문의로서 몰리의 신뢰를 얻는다. 몰리는 과거 자신을 검진한 다른 안과 의사들과 달리 불필요한 질문을 하지 않으며 전문 지식과 과학적 실험에 기초해 진단하는 라이스 씨를 "눈 멈에 대한 모든 걸 다 알고 있는"(14) 유능한 의사로 평가한다. 그러나 몰리가 라이스 씨를 신뢰한 것은 사실 그가 유능해서라기보다는 그에게서 돌아가신 아버지의 흔적을 발견했기 때문이다. 그녀는 라이스 씨의 얼굴 표정과 아버지의 표정의 유사성을 발견하고 그가 풍겨내는 위스키 냄새 속에서 알코올 중독 아버지를 기억한다.

몰리 아버지나 프랭크와 달리 라이스 씨는 비교적 자신을 객관적으로 볼 수 있는 능력의 소유자이다. 수술을 앞두고 그는 몰리라는 "그 용감한 여인이 모든 걸, 모든 걸 잃어버릴 것"(34)임을 예견할 만큼 선견지명을 보여준다. 수술 후에도 그는 눈 뜬 몰리가 시각적 세계에 적응하기 위해서는 그녀가 감내하기 어려울 만큼의 초인적 노력과 인내가 필요하다는 사실도 직시한다. 또 그녀가 시력이 없었을 때 "오로지 손으로만" "그토록 자연스럽게 손쉽게" 경험했던 충만감, "가정, 일, 친구, 수영"(58)의 기쁨을 잃었다는 것마저 감지한다. 게다가 그는 수술 후 몰리의 절망을 의학적 관점에서 관찰하며 몰리에게 죄의식을 느낄 정도로 자기 비판적이다.

그러나 라이스 씨의 비판적 자의식은 그의 솟아오르는 야망을 통제하기에는 역부족이다. 라이스 씨는 아름다운 부인을 친구 블룸스타인(Bloomstein)에게 빼앗기고 벨리백 촌구석으로 낙향하기 전까지 세계 최고 안과 의사 4인방 중 한 명이었다. 몰리를 처음 만나 검진을 하지 않은 단계에서 그는 내면에서 격렬하게 올라오는 "환상"(7), 즉 몰리의 수술을 통해 자신이 실패한 사랑과 실추한 명예를 회복할 수 있을 것이라는 "말도 안 되는, 기괴한"(7) 충동과 마주한다. 라이스 씨의 이성은 그를 시력을 회복한 환자들이 겪을 적응의 어려움을 직시하도록 이끈다. 그는 몰리가 설사 수술로 육체적 시력을 회복해도 "그녀가 보는 법을 배워야 할 것이며"(12), "보지만 알지 못하고 인지하지 못하는"(13) 인지불능 상태에 머물게 될 가능성을 인지한다. 그렇다면 그는 몰리와 프랭크에게 "실망스러운 통계"(16)를 기반으로 그들이 요청하는 수술을 거절했어야 했다. 그러나 그의 내면에서 밀려오는 4인방 친구들보다 우뚝 서겠다는 "충동─현기증이 나고, 흥분되고, 압도적이고, 도취적인 본능"(19)은 그의 비판적, 이성적 판단을 무용지물로 만든다.

오히려 그는 몰리의 자신에 대한 호감과 신뢰를 미끼로, 자신의 의학 지식과 기술을 매개로, 또 시각장애 상태에서도 몰리가 불편을 느끼지 않았던 것을 "알았으면서도"(14) "그녀가 잃어버릴 게 대체 뭐

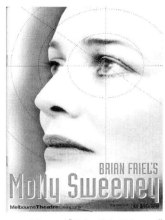
호주 멜번 1997년 『몰리 스위니』 공연 포스터[9]

가 있어? 아무것도 없다고! 아무것도 없다고!"(20)와 같은 자기 합리화로, 몰리의 개안 수술을 집행하기로 결심한다. 그는 『주술치료사』의 프랭크처럼 "기막힐 정도로 우아하고, 효율적이며, 절약적인 기술"과 예술적 "대가의 느낌"으로 몰리의 어둠을 "기적적으로 거두어"(45) 내는 수술의 공연에 몰입한다. 그는 또한 주술치료사 프랭크처럼 환자의 치료를 통해 환자가 아니라 "자신이 회복되었다는 것을 알게 되는 강렬한 쾌락"(45)과 치료를 받은 사람이 (다른 사람이 아닌) 자신이라는 기쁨에 도취된다(38). 그는 후에 몰리가 아니라 자신을 위해 수술을 강행함으로써 몰리를 절망에 이르게 했던 자신의 죄를 인지하고 몰리에게 사죄한다(68). 그러나 라이스 씨도 몰리 곁을 떠난 프랭크처럼 몰리를 상처받은 타자로 받아들이지 못한다. 그 자신이 몰리처럼 상처 받은 타자로 남을 뿐이다.

법관인 몰리의 아버지, 탐구하는 프랭크, 안과 의사 라이스 씨는 레비나스가 설명하는, 지식을 통해 세상을 통제하고 노동을 통해 자아의 독립을 실현하는 인간의 범주에 속한다. 법관, 박애주의자, 전문의로서 자기 독립성을 추구하는 가운데 이 세 남자는 아버지, 남편, 의사

---

9) Melbourne Theatre Company at the Fairfax Victorian Arts Centre in Melbourne
   출처: https://theatregold1.mybigcommerce.com/molly-sweeney/

로서 몰리를 돕고자 그녀의 삶에 개입한다. 그러나 이 세 사람이 몰리를 돕는 행위는 몰리에게 고통을 주는 폭력적 행위로 밝혀진다. 몰리는 아버지에게 맹인학교에 다닐 권리와 어머니를 이해할 능력을 빼앗기고, 남편과 의사에게는 시력 회복 수술을 거부하고 시력장애인으로 살 권리를 박탈당한다. 몰리는 아버지를 실망시키지 않기 위해 아버지의 뜻대로 꽃 이름을 외웠던 것처럼, 프랭크와 라이스 씨를 실망시켜주지 않기 위해 두 번의 눈 수술에 응했고, 그로 인해 마음의 평화를 잃는다.

4. 환상, 어머니, 타자의 발견

개안 수술 후 정신적 혼란에서 헤어나지 못하는 몰리는 프랭크에 의해 정신병원으로 거처를 옮긴다. 그런데 정신병원이 오히려 그녀에게 마음의 안식처가 된다. 정신병원에서 몰리는 그녀의 촉각을 시각으로 바꾸어 놓으려는 남편과 의사들의 노력과 실험이 끝난 것에, 더 이상 시각적 인식 방법을 배울 필요가 없게 된 것에 해방감을 느낀다.

> 실험−실험−실험−실험−실험! 라이스 씨, 진 오코너, 조지 오코너
> 그리고 프랭크의 분석 대상이 되고, 그들의 질문에 답하고 그림을
> 알아맞히고 스케치하면서 긴 몇 달을 보냈지. . . . 고요한 평화−
> 그 모든 것이 끝났을 때의 고요한 평화. (53)

몰리가 정신병동에서 평화를 얻을 수 있게 되었다는 역설은 몰리

가 정신병 환자가 아니라는 사실을 입증한다. 정신병동에서 평화를 되찾은 몰리는 "환상과 현실의 경계"(58), 보이는 세계와 보이지 않는 세계 사이를 왕래한다. 그렇지만 이렇게 경계의 상태에 있다는 것이 그녀가 현실을 객관적으로 바라보지 못한다는 것을 의미하지는 않는다. 오히려 그녀는 정신병원에서 눈을 뜬 후 그녀 앞을 안개처럼 뿌옇게 가로막았던 장막이 걷히는 것을 경험하고 평온한 마음으로 현실을 직시한다. 그녀는 친절한 병원 직원들과 잘 지내며 그녀를 방문한 친구 리타(Rita)를 비롯한 주변 사람들의 따스한 온기를 즐기는 한편, 비판적인 시각으로 남편과 아버지, 그리고 라이스 씨를 재평가한다. 프랭크는 이디오피아라는 새로운 대의명분을 찾아 나섰으며 꿀벌과 아리스토텔레스의 매력에 빠져 있다는 내용의 편지와 2파운드를 정신병동의 몰리에게 보내는데, 몰리는 이 편지에서 자신을 탐구 대상으로만 여겼던 이기적인 구두쇠 프랭크를 재확인한다. 몰리는 병원으로 찾아와 용서를 비는 라이스 씨를 흔쾌히 받아줄 수 없고, 그의 술 냄새를 더 이상 참을 수 없다. 그녀는 세 남자 중 아버지에 대해서 가장 비판적이다. 이제 그녀는 아픈 어머니의 친구가 되게 하려고 그녀를 맹인학교에 보내지 않았다고 거짓말했던 돌아가신 구두쇠 아버지의 딸 역할을 단호히 거부한다.

무엇보다 몰리가 정신병동에서 마음의 평화를 얻게 된 것은 그녀가 보이지 않는 환상 세계의 중요성을 발견했기 때문이다. 주변 남자들의 간섭으로부터 자유롭게 된 몰리는 현실을 있는 그대로 바라보면서도 아버지의 "증언"과 사실, 남편의 이론과 철학적 토론, 의사의 의학 용어와 실험과 아무 관계없는 기억 속 환상 세계와 접촉한다. 먼저 몰리는 어린 시절 어머니의 병원을 방문했던 시절로 거슬러가 어린 자신에게 "아름다운 바다 위 페다르드"(57)로 함께 차를 타고 달려가자고 제안했던 정신병동의 한 노인을 기억한다. 이 몰리의 기억 속에서 노인이 가고 싶어 했던 아름다운 바다 위 세계는 『신비로운 테네시』의 버나가 소망하는 이성을 거스르는 '날아다니는 집'이나, 『나에게 답해 줘, 어서!』의 작가 탐(Tom)이 자폐 딸과 단 둘이서 금빛 풍선을 타고 날아가고 싶었던 하늘나라를 상기시킨다. 몰리는 바다 위 환상의 섬을 갈망하는 노인을 기억하면서 버나나 탐처럼 이성과 사실이 지배하는 세계, 지식이 권력으로 작동하는 세계, 돈과 명성을 쫓는 세상에서 벗어날 수 있는 환상의 장소를 꿈꾼다. 이어서 몰리는 파티에서 애도의 시를 읊었던 슬픈 홀아비 오닐 씨(Mr. O'Neill)와 그의 죽은 부인 루이즈(Louise)를 상상 속으로 불러낸다. 몰리의 상상 속에서 루이즈는 초록색 모자와 보라색 장갑을 착용하고 애창 시를 낭독하는 오닐 씨에게 경탄의 눈길을 보내고, 오닐 씨는 갓 마흔이 채 안 된 젊은이처럼 생기에 넘쳐 있다. 몰리의 상상이 불러낸 오닐 씨 부부의 행복한 그림은 그녀에게 "큰 유쾌함"(67)을 선사한다.

몰리가 마음의 평화를 얻게 된 것은 환상과 현실을 구별하지 않는 새로운 관점을 얻은 것뿐만 아니라, 아버지의 시각에서 벗어나 정신적 아픔을 겪었던 어머니를 재발견하는 것과도 연관된다. 첫 번째 눈 수술을 받은 직후부터 몰리는 "그 거대하고 메아리치는 집"(49)에서 어머니가 느꼈을 고독을 이해하기 시작했으며, 정신병원에 온 이후에는 자신처럼 정신적으로 상처입고 정신병원에 감금되었던 어머니를 더욱 깊이 이해하게 된다. 정신병동의 몰리는 더 이상 아버지의 딸이 아니라 어머니의 딸로 거듭난다. 몰리는 생전의 어머니를 자주 만나보지도, 어머니에 대해 구체적인 이야기를 들어본 적도 없지만 상상 속에서 살아 있는 어머니와 만난다. 몰리는 푸른 스카프를 두르고 진흙투성이 장화를 신고 병원 안을 배회하는 어머니, 아무도 관심을 보여주지 않아도 병원을 좋아하는 어머니, 말을 거의 하지 않는 어머니, 누군가가 부르기라도 할까봐 얼어붙은 얼굴로 엷은 미소를 띠고 침대 옆에 앉아 계신 어머니에게 강하게 이끌린다. 몰리의 상상은 어머니가 거주했던, 이제는 자신이 머물고 있는 정신병원 복도 끝에서 흐느끼며 울고 있었던 젊은 여성으로까지 확장된다. 몰리는 상상 같은 실제 속에서 어머니처럼 누구의 관심도 받지 못한 채 비탄에 빠진 여자의 울음소리를 가슴으로 듣는다(57).

몰리가 발견한 슬프고 연약한 어머니는 레비나스가 『전체와 무한』에서 언급한 "가난한 사람, 이방인, 과부, 고아"(251)처럼 우리에게 이타적일 것을 명령하는 타자의 얼굴이다(215). 몰리는 평화롭고 수줍은 어머니의 얼굴과 만나면서 자신의 삶에 완전히 포섭될 수 없는 낯선 타자의 얼굴들, 즉 애도하는 여자, 환상의 섬으로 달려가자고 제안했던 노인, 슬픈 오닐 씨를 포함한 모든 상처받은 사람들을 마음으로 영접하고 그들을 관심과 보살핌이 필요한 존재로 환대한다. 특히 몰리는 상상 공간으로 초대된 어머니와 비탄에 빠진 여성이 자신처럼 주변 사람들이 가한 정신적 폭력을 감내하지 못하고 정신병원으로 내몰렸다는 점을 이해한다. 이러한 타자에 대한 이해가 몰리에게 내면적 힘을 제공한다. 그녀는 이 힘으로 자신과 어머니와 같은 약한 여성들을 절망으로 이끈 전체성 원리를 거부한다.

그러나 몰리는 자신을 정신병원으로 보낸 남자들을 비난하거나 정신병원을 거부하지 않는다. 그녀는 오히려 정신병원을 "고향처럼" (69) 편안하게 받아들인다. 즉 몰리는 나만의 개인적 공간에서 환상을 창조하고 타자의 얼굴들과 대화하는 윤리적 방법으로 마음의 평화를 얻는다. 이리하여 몰리는 정신병원을 아버지, 남편 의사의 자기중심적 전체화 논리에서 해방시키는 예술적인 공간으로 탈바꿈시킨다. 몰리에게 정신병원은 『주술치료사』의 프랭크의 주술이나 『나에게 답해줘, 어서!』의 작가 탐의 소설과 같은 역할을 한다. 주술이나 소설이 세상의 합리적 논리를 뛰어 넘는 환상을 작동하게 하는 것처럼, 정신병원도 몰리에게 예술적 시각을 부여하는 창조적 공간이 된다.

그러나 정신병동의 몰리는 주술치료사 프랭크나 소설가 탐보다는 프리엘이 『몰리 스위니』 서문에 담은 시와 그 시의 저자 에밀리 디킨슨의 삶과 더 닮아 있다. 몰리처럼 병든 어머니와 법관 아버지 밑에서 자란 디킨슨은 자신만의 밀폐된 공간에 은둔하여 시를 쓰며 여성에게 주체성을 허용하지 않는 19세기 미국 청교도 가부장 사회의 권위에서 벗어난다. 외부의 공적인 세계에 속할 수도, 여성의 가사 공간에 안주할 수도 없었던 디킨슨은 자신만의 밀실을 여성 특유의 상상적 창조 공간으로 변형시켰다. 정신병동의 몰리가 바로 밀폐된 방의 디킨슨일 수 있다. "나는 머무네 가능성 속에− / 산문보다 더 아름다운 집"(466)[10] 이라 노래하며 상상력의 아름다움을 칭송했던 디킨슨에게서 바다 위

---

10) 디킨슨의 이 시 원문은 https://www.poetryfoundation.org 에서 인용한 것이며, 필자의 번역이다.

아름다운 섬으로 달려가는 것을 꿈꾸는 몰리를 발견한다. 또한 "나는 그 집에서 가장 미약했었죠-. . . 나는 한 마디도 말 하지 않았죠-누군가 말을 걸지 않으면"(486)[11]에서 드러나듯이, 가장 힘이 없는 여성에게 관심을 갖는 디킨슨은 가정의 미약한 존재였던 어머니와 병원에서 말없이 흐느껴 울었던 여성을 기억하는 몰리와 그리 멀리 떨어져 있지 않다. 프리엘이 디킨슨의 시를 이 극의 서문에 넣은 것은 프리엘이 몰리를 디킨슨과 같은 여성 예술가/시인으로 설정한 것이라는 유추를 가능하게 한다. 프리엘이 인용한 다음 시를 읽어보면 이 점이 선명하게 드러난다.

> 진실을 모두 말하되 비스듬히 말해야 하나니-
> 성공은 에두르는 데 있는 법
> 너무 밝으면 우리 약한 자들의 기쁨을 얻어낼 수 없으리
> 갑자기 다가온 진실의 놀라움은
> 어린이들을 놀라게 하는 번개와 같으니
> 친절한 설명과 함께
> 진실은 그 현란한 빛을 조금씩 조금씩 비추어야 하나니
> 그렇지 않으면 모두가 눈멀게 되리-[12]

어떻게 보면 이 시는 『몰리 스위니』의 플롯을 축약하는 듯하다. 특히 이 시의 후반부는 눈으로 보는 세상을 직면할 마음의 준비가 안 된 몰

---

11) 디킨슨의 이 시 원문은 https://allpoetry.com 에서 인용한 것이며, 필자의 번역이다.
12) 디킨슨의 이 시 원문은 https://www.poetryfoundation.org 에서 인용한 것이며, 필자의 번역이다.

에밀리 디킨슨

리가 개안 수술 후 갑자기 직면한 시각적 세상의 현란한 빛에 다시 눈을 감게 된다는 내용을 전달한다. 그러나 이 시를 다른 시각으로 접근하면, 이 시가 진실을 "비스듬히" 즉 은유적으로 드러내는 예술을 옹호한다는 것을 발견할 수 있다. 디킨슨은 이 시에서 우리 연약한 인간들이 감당하기에는 현실의 적나라한 빛이 너무 현란하고 번개처럼 충격

적이므로 그 현실을 "비스듬히" 혹은 "에둘러서" 표현해야 한다고, 즉 고통스러운 세상에서 눈멀지 않고 살아가려면, 은유와 환상, 즉 예술이 필요하다고 주장한다. 이 시를 읽는 세 번째 방식은 현실의 현란한 빛을 아버지의 광포함 및 남성들의 찬란히 빛나는 힘으로 해석하는 것이다. 이렇게 읽으면 이 시는 여성을 포함한 연약한 자들이 감당하기에는 아버지의 법 혹은 남성들의 권위가 충격적일 정도로 강해서 여성을 포함한 연약한 자들은 눈멀고 고통 받을 수 있다는 뜻을 전한다. 그러므로 이 시의 화자는 지배적인 남성들은 한 낮의 태양처럼 눈부신 빛의 권력을 발산하는 대신 그 광채를 흐리게 하여 서서히 비추어야 한다고 역설한다. 이 화자의 목소리는 고통스러운 상황 속에서 환상과 예술의 역할이 필요하다고 말하는 이 시의 또 다른 목소리와 겹쳐진다. 이 두 가지 혼합된 목소리는 환상을 통해 세 남성(아버지, 남편, 의사)에 대한 비판적 태도를 견지하고 어머니를 비롯한 힘없는 타

자들과 함께 하는 몰리의 마지막 목소리와 정확하게 일치한다.

　정신병동의 몰리가 디킨슨처럼 여성 예술가로 탄생한다고 주장하는 것은 무리일 수 있다. '환상과 현실' 사이를 더 이상 구별하지 않으며 어머니와 같은 약자의 시각으로 세상을 바라본다는 것만으로 몰리의 예술성을 규정할 수 없으며, 점자나 언어를 익히지 않은 몰리가 디킨슨처럼 언어의 마술사가 될 수도 없다. 그러나 필자는 정신병동의 몰리가 이 극의 결말에 디킨슨 같은 여성 예술가가 되지는 못해도 그럴 가능성을 보여준다고 생각한다. 현실에 대한 정확한 인식과 상상의 능력을 겸비한 마지막 장면의 몰리에게서 그 가능성이 충분히 감지된다. 마지막 장면의 몰리는 아버지, 남편, 의사에 대해서는 냉정한 평가를 내리지만 슬픈 여성의 울음소리를 마음속에 간직하고 기억 속 노인처럼 환상의 섬으로 떠나고자 하며, 내면에서 '상상된 세계'를 희망적 '실재'로 만들고자 한다. 몰리의 미학은 디킨슨의 그것처럼 자신을 세상으로부터 추방된 이름 없는 존재, "아무것도 아닌"[13] 존재로 여기며 외견상으론 은둔과 포기의 방식을 취한다. 그러나 그 포기와 은둔의 방식 속에 변화의 가능성이 있다. 이 포기와 은둔의 방식은 "비스듬히" 은유적으로 말하는 것을 허용하는 바, 이 "비스듬한" 조용한 혁명을 통해 몰리는 자신을 포함한 모든 힘없는 사람들과 손을 잡고 정신적 폭력을 행사했던 사람들에게 '아니요'라고 말할 수 있을 것이다. 몰리는 "이름 없어, 보이지 않"(Gilbert & Gubar 627)는 모든 것을 하나로

---

13) 디킨슨의 시 "I am Nobody"에 대한 필자 번역이며, 이 제목의 시는 https://poets.org/poem/im-nobody-who-are-you-260에서 찾을 수 있다.

전체화시키고자 했던 청교도 가부장 세계에 저항했던 디킨슨을 연상시키는 여성 예술가로 재탄생할 듯하다.

사실 몰리는 프리엘이 인용한 디킨슨 시에 드러난 디킨슨보다 더 적극적으로 타자를 수용한다. 위의 시에서 디킨슨의 화자는 자신을 수줍고 힘없는 타자의 얼굴로 드러내면서 우리 독자에게 윤리적 자세를 요청하지만, 스스로 상처 입은 타자들을 포용하고 적극적으로 영접하는 단계까지는 이르지 못한다. 이에 반해 몰리는 '환상'의 세계 안에서 자신이 상처 입은 약자이면서도 자신 밖의 타자들과 대면하고 그들과 소통하는 윤리적 인간으로 거듭난다. 이 점에서 몰리가 성취할 은둔과 포기의 예술은 미학이자 윤리학이다.

5. 프리엘의 확장적 여성주의 시각

프리엘은 이 극에서 몰리를 통해 『나에게 답해줘, 어서!』의 탐이나 『주술치료사』의 프랭크와 같은 남성 예술가들의 세계와 구별되는, 타자성에 근거한 고요한 여성 예술 세계가 있음을 알려준다. 이 극에서 프리엘은 정신적 고통 속에서 오히려 소외된 자들과 공감하고 상상 속에서 평화를 얻는 여성 예술의 가능성을 보여준다. 남성 예술가들이 예술적 완성을 추구하며 예술의 가치에 대해 고민한다면, 여성 예술가는 예술 속에서 타자와 연대하고 마음의 평화를 얻는다.

프리엘은 정신병동의 여성 몰리를 극화하면서 여성주의 이론가들의 '미친 여자' 논의를 풍요롭게 하는 데도 일부 기여한다. 필리스 체슬러(Phyllis Chestler)나 길버트와 구바(Sandra Gilbert and Susan Gubar)는 '미친 여자'를 가부장제에 저항하는 여성 혹은 창조적 여성 예술가로 보았다. 프리엘은 체슬러나 길버트와 구바의 논의를 따라, 몰리를 에 밀리 디킨슨과 유사한 여성 예술가로 상상한 듯하다. 그러나 이 극에 서 프리엘은 남성에 대한 논의를 배제한 여성주의 이론가들의 범위를 확대한다. 이 극에서 몰리는 어머니와 슬픈 여성과의 연대감뿐만 아니 라 정신병동의 노인과 애도의 시를 읊는 홀아비 오닐 씨와도 깊은 공 감대를 형성하는데, 이 점은 프리엘이 여성뿐만 아니라 모든 힘없고 소외된 타자들에게 연민의 시선을 보낸다는 점을 보여준다. 프리엘은 각종 사회적 타자들을 포함시키며 여성 타자에게 한정된 기존 여성주 의 시각을 넘어선다. 이런 점에서 프리엘은 일정 부분 레비나스와 그 사유 구조를 공유한다. 프리엘은 이 극에서 레비나스처럼 타자들을 장 악하고 소유하는 전체성 논리를 배격하면서 타자들을 나보다 더 중요 한 존재로 여길 수 있을 때 타자에 대한 정신적 폭력이 중단될 수 있 음을 암시한다.

그런데 우리는 프리엘이 몰리의 아버지, 남편, 의사의 자기중심적 인 행위들을 비판하기보다 자본주의 가부장 사회에 전체성 논리에 따 라 움직이는 현대인의 자화상으로 이해하고 가끔은 이들에게 동정의 시선을 보낸다는 점에 주목해야 한다. 프리엘은 몰리 아버지, 남편 프 랭크, 의사 라이스 씨가 몰리에게 가하는 자기중심적 행위들이 고의적 이지 않다는 점, 그리고 이들도 고통을 지닌 타자 혹은 한계를 지닌 인 간이라는 점을 강조한다. 법관이었지만 시각장애 딸과 예민한 아내를 옆에 두고 알코올 중독으로 살아가야 했던 몰리의 아버지, 세상 사람들이 관심을 두지 않는 일에 몰두하며 늘 사회 주변부를 맴돌았던 프랭크, 최고의 명의였지만 실연과 배반의 아픔으로 술과 낚시를 벗 삼아 은둔생활을 했던 라이스 씨. 프리엘은 이렇게 돈, 명성, 지식을 좇았던 세 남성의 고통스러운 삶을 그려내는데, 이는 프리엘이 몰리와 같은 약자뿐만 아니라 인간적 한계를 지닌 남성들도 포용할 만큼 넉넉하고 푸근하다는 것을 알려준다. 프리엘의 이러한 자세는 그를 다소곳이 타자를 포용하는 "여자"의 너그러운 환대와 연약하고 부드러운 "여성성"을 덕목으로 평가하는 레비나스(『전체와 무한』 155)의 지지자 혹은 기존 여성주의 이론을 여성 이외의 다른 타자들을 포용하는 폭넓은 여성주의로 확장시킨 자로 자리 매긴다. 이런 프리엘이 창조한 (디킨슨 닮은꼴인) 윤리적 예술가 몰리는 결국 레비나스 지지자인 프리엘과 같은 타자를 포용하는 너그러운 예술가로 재탄생할 것만 같다.

참고문헌

1차 자료

Friel, Brian. *Faith Healer*. *Selected Plays: Brian Friel*. Irish Drama Selections 6. Catholic U of America P, 1984. 327-76.

_____. *Molly Sweeney*. 1992. Plume, 1995.

_____. *Wonderful Tennesse*. *Brian Friel: Plays 2*. Faber and Faber, 1999. 340-445.

_____. *Give Me Your Answer, Do!* 1997. Plume, 2000.

https://www.poetryfoundation.org

https://allpoetry.com

2차 자료

Chesler, Phyllis. *Women and Madness*. Doubleday, 1972.

Gilbert, Sandra M., and Susan Guber. *The Madwoman in the Attic: The Woman Writer and the Nineteenth Century Literary Imagination*. 1979. 2nd ed. Yale UP, 2000.

Levinas, Emmanuel. *Totality and Infinity: An Essay on Exteriority*. 1961. Trans. Alphonso Lingis. Duquesne UP, 1969.

McGrath, F. C. *Brian Friel's (Post)Colonial Drama: Language, Illusion, and Politics*. Syracuse UP, 1999.

Molony, Karen M. "Molly Astray: Revisioning Ireland in Brian Friel's *Molly Sweeny*." *Twentieth Century Literature* 46.3 (2000): 285-300.

Murray, Christopher, ed. *Brian Friel: Essays, Diaries, Interviews: 1964-1999*. Faber and Faber, 1999.

강영안. 「향유와 거주: 레비나스의 존재 경제론」. 『철학』 4 (1995): 205-22.

_____.『타인의 얼굴: 레비나스의 철학』현대의 지성 122. 문학과 지성사, 2005.

김연숙.『레비나스 타자윤리학』. 인간사랑, 2001.

푸코, 미셸.『감시와 처벌: 감옥의 역사』1975. 오생근 옮김. 나남출판, 2003.

_____.『성의 역사 제 1권: 앎의 의지』1976. 이규현 옮김. 나남출판, 1994.

6장

흑인 가정주부의 주체적 삶과 경제
로런 한스베리의 『태양 속의 건포도』

1. 한스베리의 복합적인 여성주의 시각

　　로런 한스베리(Lorraine Hansberry, 1930-1965)의 『태양 속의 건포도』
(*A Raisin in the Sun*, 1959)는 시카고 남부 빈민가에 살고 있는 흑인 영거
씨 가족(the Youngers)—어머니 르나(Lena), 그녀의 아들 월터 리(Walter Lee),
그의 아내 루스(Ruth), 이들 부부의 아들 트라비스(Travis), 르나의 딸 베니사
(Beneatha)로 구성된 확대가족—이 고(故) 영거 씨(Mr. Younger)의 사망보험
금으로 백인 거주지역인 클리본 파크(Clybourne Park)에 집을 마련하는
이야기를 극화한다. 그리고 이 극은 이 이야기 틀 속에 흑백갈등, 미
국의 꿈, 가족 간 갈등과 화해의 주제들을 조화롭게 녹여낸다. 가장
미국적인 문제인 인종문제와 '미국의 꿈'(American Dream)[1]을 가장 미국

PLAYBILL
ROYALE THEATRE

A RAISIN IN THE SUN
by Lorraine Hansberry

『태양 속의 건포도』 브로드웨이 공연(2004) 프로
그램 속 로런 한스베리

적인 가족극 형식으로 펼쳐낸 덕분인지 이 극은 한스베리에게 흑인 여성 최초 브로드웨이 공연과 흑인 극작가 최초 뉴욕드라마 비평가상의 영광을 거머쥐게 했다. 나아가 이 극은 1961년 영화로 만들어져 칸 영화제 특별상을, 1974년에는 뮤지컬로 개작되어 토니상을 받았고, 25주기 기념 공연과 19988년 PBS 텔레비전 방송을 거쳐 2004년 브로드웨이 리바이벌로 토니상을 다시 받았다.

이 극은 권위 있는 평론가들 사이에서도 유진 오닐(Eugene O'Neill, 1888-1953)의 『밤으로의 긴 여로』(*A Long Day's Journey into Night*, 1956), 테네시 윌리엄즈(Tennessee Williams, 1911-1983)의 『유리 동물원』(*The Glass Menagerie*, 1944), 아서 밀러(Arthur Miller, 1915-2005)의 『세일즈맨의 죽음』(*Death of a Salesman*, 1949)의 뒤를 잇는 미국의 고전연극의 반열에 올랐다. 이러한 경향은 이 극을 다시 쓴 브루스 노리스(Bruce Norris, 1960-)의 『클리본 파크』(*Clybourne Park*,

---

1) '미국의 꿈'은 처음에는 광활한 신대륙에서 모든 사람이 부유하고 풍족한 삶을 살고 개인의 능력과 성과에 대한 합당한 보상을 얻는 것, 즉 계급, 사회적 지위 등과 관계없이 개인의 노력과 열정으로 펼쳐질 무한한 발전을 의미했다. 그러나 점차 그 의미가 퇴색되어 20세기 이후 물질적 성공만을 의미하게 되었다.

2010)가 퓰리처상을 받은 것에서도 드러났다. 흑인 가족의 경험을 담은 이 극이 이렇게 대중과 평론가들 양측의 뜨거운 반응을 얻고 미국의 고전으로 자리 잡게 된 이유는 이 극이 "분리하지만 평등하다"는 짐 크로우 흑백분리 법령(the Jim Crow Laws)[2]이 위헌임이 밝혀진 지 5년, 로자 파크스(Rosa Parks, 1913-2005)의 버스거부운동[3]이 벌어진지 4년이 지난 적절한 시점에 발표되었기 때문일지도 모른다.

이 극은 이런 호응과 더불어 미국 흑인연극사와 흑인드라마 앤솔로지를 거쳐, 미국드라마 앤솔로지에 수록되며 흑인의 측면에서 미국 가족극의 전통을 잇는 정전이 되었다. 그러나 흑인문학과 미국의 흑인 가족극으로 보편화되는 과정에서 페미니스트로서의 한스베리와 『태양 속의 건포도』의 여성주의적 측면은 수면 아래 묻혔다. 1980년대 미국 여성희곡사를 쓴 올라우스(Judith Olauson)과 케이사(Helene Keyssar)가 이 극을 미국 페미니스트 연극의 시초로 보았고, 이후 영국 메튜엔 출판사 편 여성드라마 앤솔로지 『여성이 쓴 희곡』(Plays by Women, 1986) 제

---

2) 미국 남북전쟁 이후(1876~1965) 남부 11개 주에서 공공장소에서의 흑백 분리를 강제한 법이다. 이 기간 동안 미국 남부에서는 이 인종차별법에 의해 흑인과 백인은 거의 모든 일상생활에서 분리된 생활을 했다. 법의 명칭인 짐 크로(Jim Crow)는 1830년대 미국 코미디 뮤지컬에서 백인 배우가 연기해 유명해진 바보 흑인 캐릭터 이름에서 따온 것으로, 흑인을 경멸하는 의미로 사용돼 왔다. 1896년 미국 연방법원이 '분리되었지만 평등하다(separate but equal)'며 이 법에 대해 합헌 판결을 내렸다.

3) 로자 파크스는 아프리카계 미국인 시민권운동가이다. 1955년 12월 1일, 흑백분리가 엄격히 지켜지던 앨라배마 주 몽고메리에서 백인 승객에게 자리를 양보하라는 버스 운전사의 지시를 거부해 경찰에 체포되었다. 이 사건은 흑백분리에 반대하는 몽고메리 버스거부운동으로 이어졌다. 이때 마틴 루터 킹(Martin Luther, jr., 1929-1968) 목사가 참여하고, 결국 이 버스거부운동은 아프리카계 미국인(흑인)의 인권과 권익을 개선하고자 하는 미국 시민권 운동의 시초가 되었다.

5권에 이 극이 수록되는 일도 있었지만, 이후에 나온 대다수의 앤솔로지들은 한스베리를 흑인여성 문학가 혹은 흑인여성 극작가의 자리에 한정시켰다.

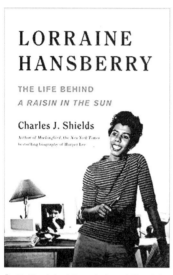

『로런 한스베리 전기』 표지 속 로런 한스베리

페미니스트 시인이자 비평가인 아드리엔느 리치(Adrienne Rich, 1929-2012)는 1979년 이 극이 한스베리의 전남편이자 유작 관리자인 로버트 네미로프(Robert Nemiroff, 1929-1991)의 편집과 출판과정 개입, 브로드웨이 상업주의와의 결탁, 한스베리 자신의 내면화된 검열로 여성주의적 이슈들이 숨겨졌다고 진단했다. 그리고 그녀는 후대 페메니스트들에게 "한스베리의 복잡성과 한스베리가 처한 정치적 상황을 완전히 이해한 상태에서 이상화되지 않고 단순화되지 않은 한스베리"(22)를 찾으라고 부탁했다. 그러나 리치의 요청에 응해 여성주의적 관점에서 "이상화되지 않고 단순화되지 않은" 한스베리 발굴의 첫 삽질은 그로부터 30년이 지나서야 일레인 쇼왈터(Elaine Showalter)에 의해 시도되었다. 쇼왈터는 미국 최초의 여성문학사 『그녀의 동료배심원들』(A Jury of Her Peers, 2009)에서 아주 짧게 한스베리를 "젊고, 능력 있고, 양성적인, 흑인- 로런 한스베리"(419)라는 부제 아래 보부아르(Simone de Beauvoir, 1908-1986)의 영향을 받은 양성적 페미니스트로 자리 매겼다. 한스베리는 쇼왈터에 의해 처음으로 미국의 흑인작가 혹은 흑인여성 작가가 아닌 미국의 여성주의 작가로 호명된 것이다.

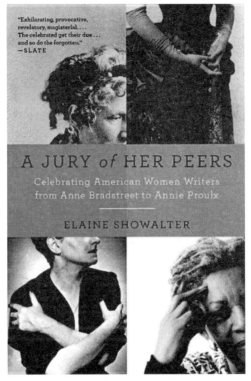

일레인 쇼왈터의 『그녀의 동료 배심원들』(2009)

쇼왈터는 책의 제목으로 미국의 여성 소설가/극작가 수잔 글라스펠(Susan Glaspell, 1876-1948)의 단편 소설 「그녀의 동료 배심원들」("A Jury of Her Peers," 1917)을 그대로 차용했는데, 이를 통해 독자들과 비평가들에게 한스베리에게 동감하는 동료배심원들이 되어 한스베리의 여성주의적 측면들을 찾아내야 한다고 당부하는 듯하다.

이 글은 리치의 후계자인 쇼왈터가 마련해 준 터에서 여성주의적 한스베리의 한 측면을 찾아보고자 한다. 즉 한스베리의 동료여성 배심원이 되어 그 시각에서 『태양 속의 건포도』의 공식 서사에 숨겨진 한 가지 서사를 들여다보기로 한다. 즉 이 글은 이 극의 플롯과 인물 설정에서 거의 드러나지 않으며 영거 씨 가족들 중 가장 힘이 없는 가정주부 루스의 관점에서 '돈'과 '집' 관련 경제 문제들을 주의 깊게 살펴보며 여성주의적 한스베리를 찾고, 리치가 제안한 "이상적이지 않고 단순화되지 않은" 한스베리를 발굴하고자 한다.

케니 레온(Kenny Leon) 감독의 텔레비전 영화 〈태양 속의 건포도〉(2008) 포스터

한스베리는 「윌리 로먼, 월터 영거, 그리고 반드시 살아야 하는 자」("Willie Loman, Walter Younger, and He Who Must Live")에서 이 극을 보편적인 극, 즉 흑인 판 『세일즈맨의 죽음』으로 공식화하고, 월터 리를 『세일즈맨의 죽음』의 주인공 윌리(Willie)와 비교한 바 있다. 한스베리에 따르면, 『세일즈맨의 죽음』의 윌리처럼 월터 리는 자신에게 주어진 세계를 바꾸기 보다는 그 세계를 받아들이고 그곳에서 자신이 차지한 위치를 높은 곳으로 이동시키기 위해 애쓰는 보통 미국인의 표상이다. 그러나 이 에세이에서 한스베리는 저항의 목소리를 내는 흑인 월터 리를 절망하는 백인 윌리와 구별한다. 백인구역으로 이사하기로 결정함으로써 흑백분리에 저항하는 월터 리가 오이디푸스 왕이나 안네 프랑크(Anne Frank, 1929-1945)와 같은 영웅이 될 수 있다고 주장한 것이다.

　　한스베리의 윌리와 월터 리 비교는 이 극을 읽어내는 두 가지 중요한 관점을 제공한다. 먼저 이 비교를 통해 한스베리는 『세일즈맨의 죽음』처럼 이 극도 자본주의 사회에서 '미국의 꿈'을 실현하는 경제적 문제를 다룬다는 점을 환기시킨다. 또한 이 극이 절망하지 않고 작은 행동으로 변화의 첫 발을 내딛는 월터 리를 통해 진보적 시각을 보여준다는 점도 아울러 강조한다. 그런데 경제적 관점과 진보적 시각으로 이 극을 읽어내는 이중적 작업이 월터 리를 통해서만 가능할까? 자본주의 사회에서 월터 리보다 더 낮은 위치를 점유하는 이 극의 다른 흑인여성 인물들을 통해서도 가능하지 않을까? 또 그럴 경우 월터 리를 통해 드러날 수 없었던 여성주의 관점이 드러나지 않을까? '그럴 수 있다'는 가정 하에 필자는 이 극의 여성인물들 중에서도 가장 낮은 위치에 서 있지만 실질적으로 가정 살림을 도맡은 주부 루스의 시각에서 돈과 집의 문제들을 살펴보고자 한다. 루스를 통해 그녀 가정의 경제적 제 문제들을 점검할 때 이 극의 경제적 측면과 진보적 시각이 함께 드러나고 이로써 "이상화되지 않고, 단순화 되지 않은" 한스베리의 여성주의 시각이 선명해질 수 있다. 나아가 미국 사회의 최하위 층에 위치한 흑인가정주부 루스의 삶을 통해 그동안 보이지 않고 소리를 낼 수 없었던 힘없는 여성의 저력도 발견할 수 있다.

그동안 여성주의 관점의 비평가들 중 일부 비평가들이 이 극의 다른 여성인물인 르나와 베니사, 특히 르나의 모성과 베니사의 진보사상에 관심을 보인 바 있다. 그러나 루스에게 주목했던 비평가들은 거의 없었으며, 최근에 루스에게 관심을 돌린 몇몇 여성주의 비평가들도 그녀의 낙태 문제를 거론하는 데 그쳤다.[4] 이 글은 그간 여성주의 비평가들의 눈에 크게 띄지 않았던 루스와 그녀를 둘러싼 돈과 집의 문제들에 현미경을 대고 들여다봄으로써 소박하지만 강력한 힘을 뿜어내고 자유를 추구하는 흑인가정주부 루스를 발견하고자 한다. 먼저 노동을 통해 자본주의 체제 유지에 일조하는 동시에 자본주의 이데올로기와 확연히 구별되는 경제적 태도를 유지하는 루스의 양면성에 주목한 후, 다른 인물들과 달리 집을 개인적 자유를 부여하는 공간으로 바라보는 루스의 시각을 살펴본다.

---

[4] 르나에 주목한 비평가로 Harris와 Walkerson가 있고, 베니사의 진보사상에 관심을 가진 비평가로는 McDonald가 있다. 루스의 낙태 문제에 주목한 비평가로는 Keysar("Rites and Responsibilities"), Mafe, Koloze, Matthews가 있다.

2. 가정주부 루스의 돈과 집: 생존과 자유를 위하여

한 기고문에서 한스베리는 대부분의 여성들은 사회의 기대에 순응하기 위해 또 "경제적 안정을 취할 수 있는 유일한 선택지"이기 때문에 결혼의 족쇄를 찬다고 논의한 바 있다(McDonald 88 재인용). 『태양 속의 건포도』의 루스가 바로 이 결혼의 족쇄를 찬 여성이다. 이 점에서 일면 루스는 『세일즈맨의 죽음』의 윌리의 아내 린다(Linda)를 상기시킨다. 결혼의 족쇄를 찬 백인 중산층 아내 린다처럼 그녀도 가정의 살림살이를 도맡고 남편의 짜증과 구박을 견뎌낸다. 그러나 루스는 흑인일 뿐 아니라, 결혼을 통해 "경제적 안정을 취할 수" 없는 가난한 하층민 가정주부이다. 생계를 위해 밖에서 노동하며 가정 살림까지 해야 하는 루스는, 홀로 핵가족의 생계를 책임진 윌리의 심리적 버팀목이 되었던 아내 린다보다 훨씬 더 열악한 위치에 놓여 있다. 루스는 젠더, 인종, 계급 삼중의 억압을 받으며 미국 사회의 맨 가장자리에 위치할 뿐 아니라 시어머니를 모시는 확대 가정에서 가장 낮은 자리를 점유한다. 그녀는 남편 월터 리의 가부장적 편견과 학대를 견뎌내고, 이 확대 가정의 정신적 지주인 시어머니 르나를 극진히 모실 뿐 아니라 똑똑한 대학생 시누이 베니사 앞에서 늘 주눅 든 채 살고 있다.

이 극은 루스가 처한 이러한 주변적 위치를 그녀가 현재 살고 있는 집, 특히 시카고 남부의 좁고 누추한 아파트 거실 모퉁이 부엌으로 형상화하면서 시작된다. 이 극의 첫 장면은 졸음을 참고 먼저 일어나 아들과 남편을 깨우고 부엌에서 차와 계란으로 아침식사를 준비하는 가정주부 루스를 소개한다. 이후 내내 이 극은 부엌일과 다림질로 분주한 루스를 무대 위에 올린다. 헌 가구들이 아무 장식도 없이 놓여 있는 거실 구석 부엌에서 루스는 쉬지 않고 일한다. 닳아 빠졌어도 윤기가 나고 잘 정돈되어 있는 가구들은 루스가 부지런하다는 점을 알려준다.

무대 위 루스의 주요 액션은 가사노동이다. 그러나 루스의 노동은 자신의 부엌에서만 이뤄지지 않는다. 루스는 생계를 위해 백인의 부엌에서 가사 도우미로 일하고 있다. 루스는 노동만이 현 상황에서 흑인 하층민의 삶을 지탱시킨다는 것을 누구보다 잘 알고 있다. '일해야 살 수 있다'—이것이 그녀의 유일한 신념이다. 그러나 이것은 신념이라기보다 그녀가 처한 현실에 적응하는 가운데 터득한 직관에 가깝다. 루스는 영거 씨네 가족들 중 현실을 있는 그대로 직시하는 유일한 인물이다. 월터 리는 하층민이면서도 중산층 백인처럼 사업으로 부자가 되겠다는 꿈을 꾸고 있는데, 이 점에서 『세일즈맨의 죽음』의 윌리처럼 망상에 빠져 있다고 볼 수 있다. 르나는 루스처럼 집 안과 밖에서 열심히 일하며, 월터와 달리 헛된 꿈을 꾸지는 않는다. 하지만 루스와 달리 그녀는 정신적 가치를 추구한다. 르나의 정신적 추구가 삶을 지혜롭게 노정해 가는 데 일정 부분 도움이 된다는 점을 부정할 수는 없다. 그러나 르나가 강조하는 흑인으로서의 자부심과 기독교 정신은 자칫 상대방의 자율성을 유린하는 구속적 이데올로기로 작용할 가능성이 높다. 이 점은 르나가 신의 존재를 받아들이지 않는 딸 베니사에게 자신과 함께 사는 한 반드시 기독교를 믿어야 한다고 강요할 때, 또 아침부터 돈 문제를 이야기하는 것은 기독교인답지 않다고 루스에게 핀잔을 줄 때 명확히 드러난다. 의사의 꿈을 품은 베니사는 나이지

리아 청년 아사가이(Asagai)의 영향을 받고 아프리카에서 식민주의의 상처를 치유하고 싶다는 꿈을 꾼다. 이 점에서 베니사는 어머니 르나의 딸인 셈이다. 어머니가 흑인의 전통과 기독교 정신을 신봉한다면, 그녀는 세상을 변화시키고 싶은 혁명적 이념을 따른다. 그러나 대학생 베니사의 꿈은 가정 안과 밖에서 노동하는 르나와 루스, 그리고 백인의 자동차 운전사로 일하는 오빠 월터 리가 제공한 경제적 도움 덕분에 가능한 것이다. 이 점을 고려하면, 베니사의 꿈은 르나의 흑인 전통과 기독교 신봉만큼 이상주의적이다.

루스는 망상과 꿈에 빠지지 않으며 또 이상적 이념이나 가치도 가지고 있지 않다. 그녀는 현실에 적응하며 쉬지 않고 일할 뿐이다. 그러나 그녀가 임신한 몸으로 또 졸음을 참아가며 열심히 일해도 그녀의 가정은 가난에서 벗어나기 어렵다. 이러한 현실을 알고 있으므로 그녀는 월터처럼 꿈을 결코 꾸지 않으며 베니사처럼 이상주의에 빠지지도 르나처럼 흑인의 전통 및 기독교적 가치관에 의지해 희망을 품지도 않는다. 그러나 그렇기 때문에 그녀는 꿈이나 이상을 지닌 다른 식구들과 달리 지쳐있고 절망에 빠져 있다. 루스를 묘사하는 첫 지문은 서른 살에 이미 지치고 실망한 루스를 소개한다. 이후의 지문도 루스가 미소 짓거나 웃고 부드러운 말투를 쓰는 경우보다는 찡그리고, 지겨워하고, 기진맥진하고, 고개 숙이고, 격분하고, 울고, 낙담하고, 체념하는 모습을 더 많이 묘사한다. 월터는 루스에게 "당신 지쳤어 그렇지? 나, 아들 놈, 이 누추한 집에서—우리가 살아가는 방식, 이 모든 것들에 지친 거지"[5]라며 지적하는데, 이때 루스는 "인생은 실망 투성이"(62)라며 삶의 무게에 지쳤다는 것을 인정한다.

다니엘 페트리(Daniel Petrie) 감독의 영화 〈태양 속의 건포도〉(1961) 속 루스6)

이런 루스에게 필요한 것은 돈이다. 그녀가 백인 가정의 도우미로 일하는 것도 가족 모두에게 먹을 것과 입을 것, 그리고 교육을 제공하기 위해서 "돈이 필요"하기 때문이다(58). 그녀는 돈이 없기 때문에 돈을 아주 절약해서 쓴다. 그녀는 심지어 아들 트라비스(Travis)에게 학교에 가져가야 할 50센트를 빼고 차비와 우유 값만 주며 한 푼도 헛되이 쓰면 안 된다고 경고한다. 그러나 루스는 돈을 써야 할 때는 쓸 수 있는 융통성을 보인다. 베니사와 다툰 월터 리를 진정시키기 위해 택시비 50센트를 주는가 하면, 베니사의 대학 학비와 용돈을 댄다.

그러나 루스의 돈에 대한 관심은 자본주의가 부추기는 물질적 욕망과는 거리가 멀다. 루스에게 돈은 월터 리에게처럼 물질적 성공과

---

5) 이 글이 참조한 『태양 속의 건포도』 영문 텍스트는 브로드웨이 초연 대본에 근거한 영한대역본의 영문이다. 인용문의 출처는 이 책의 36쪽이며, 번역은 필자의 번역이다. 앞으로 인용문의 출처는 쪽수만 표기한다.

6) 출처: https://www.criterion.com/current/posts/5942-a-raisin-in-the-sun-resistance-and-joy

사회적 신분 상승을 위한 수단이 아니다. 그렇다고 루스에게 돈은 베니사의 경우처럼 기타와 승마를 배우고 사진을 찍는 등 자신을 표현하기 위해 쓰이는 경비도 아니다. 또 루스는 르나처럼 자본주의 시대를 이해하지 못한 채 돈은 가족을 위해 집을 사고 자식을 교육시키기 위해서만 필요하다고 생각하지 않는다. 또 베니사처럼 부자를 경멸하지도 않는다. 돈을 기본 축으로 움직이는 이 시대에 "아무것도 가진 적이 없기"(108) 때문에 더욱 더 루스는 돈은 살아가는 데 꼭 필요한 수단이라고 생각한다.

돈이 절실하게 필요한 루스를 세상에서 가장 행복하게 해주는 것은 만 달러짜리 보험금 수표이다. 지쳐있던 루스는 수표 봉투가 도착하자 처음으로 "은혜로우신 하느님"(108)이라 외치며 감사의 마음을 표현한다. 그러나 루스에게 돈은 살기 위한 수단일 뿐 그 이상도 그 이하도 아니다. 그녀는 월터 리처럼 투자하여 단번에 큰돈을 버는 "뜬 구름 잡는"(36) 꿈을 꾸거나 자신의 노력으로 벌지 않은 시어머니의 보험금을 탐내지도 않는다. 시어머니 르나가 보험금을 타게 되자 기뻐하며 보험금으로 큰돈이 들어오니 돈 걱정을 하지 말라고 며느리 루스에게 말할 때 루스는 "그건 어머님 돈이에요. 저와는 아무 관계가 없어요"(58)라고 담담하게 말한다.

루스는 돈의 중요성을 인지하는 점에서 목적은 달라도 월터 리와 같은 생각을 가지고 있으며, 돈의 중요성을 인정하지 못하는 베니사나 르나와는 정반대 쪽에 서 있다. 그러나 집에 대한 생각에서 루스는 시어머니 르나와 노선을 같이 한다. 르나는 보험금 일부와 앞으로 온 가족이 열심히 일해 번 돈으로 트라비스가 여름에 뛰어놀 수 있는 뜰이 있는 집을 사고 싶어 한다. 루스도 르나처럼 간절한 마음으로 집에 대한 꿈을 꾼다. 르나가 보험금으로 집을 사겠다는 계획을 공표하자 루스는 집에 대한 꿈을 넌지시 드러낸다. 다림질을 하면서 루스는 시어머니가 집을 사도록 부추기며 "쥐덫"(60) 같은 지금의 집에 너무 오래 집세를 내왔다고 불평한다. 이때 "쥐덫" 같은 아파트 셋방살이를 청산하고 내 집에서 살고 싶은 루스의 강렬한 의지를 읽을 수 있다. 이는 얼마 후 루스가 남편에게 "트라비스가 태어났을 때 우리가 나눴던 대화, 기억나죠? 우리가 앞으로 어떻게 살까 . . . 어떤 집에 살까에 대해 나눴던 대화 말이에요. . . "(152)라고 더듬거릴 때 그녀의 집에 대한 열망은 더 분명하게 감지된다. 이런 루스가 르나가 집을 사겠다고 발표하자 가족들 중 가장 기뻐하는 것은 당연하다. 루스는 감격에 젖어 "집 . . . 집"(156)이라며 말을 잇지 못한다.

　　루스에게 집은 르나에게처럼 가족의 공간이다. 그러나 루스에게 집은 르나에게처럼 트라비스를 안전하게 키울 수 있는 공간, 뒤뜰에서 여유를 찾을 수 있는 공간이자 후손들에게 흑인가족의 자긍심을 느끼게 할 공간만은 아니다. 루스에게 집은 삶의 안락과 여유를 누리고 자부심을 부여하는 정신적 공간이기 이전에 개인의 기본적 자율성을 보장하는 사적 공간을 의미한다.[7] 루스가 집을 원하는 이유는 이 빈민가 아파트에서는 자신의 뜻대로 자유롭게 살 수 없기 때문이다. 루스에게

---

7) 당시 미국 백인 중산층은 아이들과 부부 중심의 핵가족 가정을 이루고 있었다. 개인의 자유를 보장하는 핵가족은 개인의 이득 추구를 근간으로 하는 자본주의 체제에 적절한 가족 형태였다. 그러나 당시 미국의 흑인 가족은 핵가족이 아니라 개인의 자유가 보장되지 못하는 전통적 확대 가족을 유지했다.

필요한 것은 생존을 가능하게 하는 돈 뿐만이 아니다. 그녀에겐 개인의 자유와 행복을 가능하게 하는 사적인 공간도 꼭 필요하다. 비좁은 아파트에서 루스는 지속적으로 다른 사람들의 간섭을 받는다. 루스에겐 트라비스에게 50센트를 더 주는 방식으로 루스의 경제 교육을 훼방하는 남편 월터 리를 저지시킬 힘이 없다. 그저 그에게 화났다는 듯 찡그리며 퉁명스럽게 말할 뿐이다. 그런데 루스를 가장 괴롭히는 사람은 철없는 남편이 아니라 시어머니이다. 평생 가족을 위해 헌신해 온 시어머니 르나가 기독교 신앙과 사랑의 이름으로 루스의 삶에 사사건건 개입하며 은밀히 압력을 행사하자, 루스는 르나에게 강한 분노를 표출한다. 일례로, 루스는 트라비스의 침대를 대신 정리해 주는 시어머니에게 그 일은 트라비스 교육에 전혀 도움이 안 된다고 항의하고, 트라비스에게 찬 음식 대신 따뜻한 음식을 먹어야 한다고 훈수하는 시어머니의 말에 "제 자식은 제가 알아서 먹여요, 어머니!"(52) "따뜻한 오트밀을 먹였다니까요"(54)라고 대든다.

르나는 루스의 낙태 문제에도 관여하는데, 이는 며느리에 대한 사랑의 표시로 이해할 만하다. 그러나 이 문제를 며느리가 직접 남편에게 직접 말하게 하지 않고 대신 말함으로써 르나는 루스-월터 부부관계의 독립성을 침해하고 루스의 자발적 언술행위를 방해한다. 이런 상황에서 루스가 거의 대부분의 시간을 보내는 협소한 아파트에서 사적인 부부관계는 보장될 수 없다. 좁은 집 부엌과 거실은 붙어 있고 이 좁은 공간 어디쯤 루스가 자리 한 곳 옆엔 언제나 르나가 앉아 루스의 일에 끼어든다. 게다가 그 공간엔 트라비스, 베니사, 그녀의 남자 친구들과 월터의 친구들로 늘 북적인다. 루스에겐 누구의 침범도 받지 않을 나만의 방, 그리고 트레비스를 자신의 뜻대로 교육시킬 수 있는 방, 남편 월터 리와 오붓이 사랑을 나눌 수 있는 방이 있는 집이 필요하다. 자유와 행복에 대한 루스의 강렬한 갈망을 고려하면 나만의 방을 제공하는 집으로 이사하는 것만큼 루스에게 중요한 것은 없다.

루스가 주부 역할에서 벗어나 자유를 즐기고 싶은 욕망을 가지고 있다는 것은 루스가 시어머니에게 보험금을 받으면 여행을 떠나라고 설득하며, "가족은 잊고 일생에 단 한 번만이라도 실컷 즐겨 보세요"(58)라고 말할 때 드러난다. 정말 가족을 잊고 멀리 떠나 마음껏 즐기고 싶은 사람은 루스이다. 여기서 루스는 경제적 사정 때문에 또 살림과 자녀양육을 책임지는 주부라는 역할 때문에 자신에겐 실현 불가능한 이 욕망을 시어머니께 전가하여 표현하고 있다. 이런 루스에게 돈도 벌지 않으면서 55달러짜리 승마 장비나 그보다 더 비쌀 수 있는 카메라 장비를 구입하여 자신을 마음껏 표현하는 베니사가 곱게 보일 리 없다. 베니사와 르나가 듣지 못하게 루스는 작은 소리로 그러나 강하게 "자신을 표현한다고!"(68)라고 불만을 표하는데, 여기에는 미혼녀 베니사에 대한 부러움 반, 비난 반의 복합적 심정뿐만 아니라, 가난한 흑인 가정주부에겐 허용되지 않는 자유에 대한 루스의 욕망이 묻어있다.

아이로니컬하게도 루스의 자유를 억압한 시어머니가 루스에게 자유를 누릴 수 있는 집을 제공한다. 그런데 그 집이 인종차별적 백인들의 "폭탄"(136) 위협에 직면할 수도 있는 백인 거주 지역 클리본 파크에 위치한다는 사실에 루스는 충격을 받는다. 그러나 그녀의 집에 대한 강한 열망은 이 충격을 곧 진정시킨다. 그녀는 클리본 파크의 집에 사는 것의 "좋은 점들과 문제들"(160)에 대해 생각해 본 후 이사하기로 결정한다. 이때 루스는 생동감 있는 빛나는 표정을 지으며 행복에 겨워 눈물까지 흘린다. 지치고 절망한 루스를 묘사했던 첫 장면의 지문과 대조되는 이 부분의 지문은 즐겁게 웃으며 행복에 젖어 "처음으로 삶이 절망이 아닌 행복으로 고동치고 있음"(161)을 깨닫는 루스를 묘사한다. 더나아가 이 행복은 루스로 하여금 월터 리와의 낭만적 관계도 회복시켜준다. 루스는 남편과 함께 외출하여 영화를 관람하고 춤을 춘다.

클리본 파크 주민 대표인 린드너 씨(Mr. Lindner)가 영거 씨 가족의클리본 파크 이주를 돈으로 교묘하게 막으려고 하자 르나는 생각보다높은 흑백차별의 장벽을 인지하고 이사 포기를 고려한다. 이때 루스는시어머니에게 강력하게 반발한다. 흑백차별의 위험과 집에 대한 열망사이에서 후자를 선택한 루스의 외침은 절박하다.

> 루스: 어머니, 저 일 할래요 . . . 시카고에 있는 부엌이란 부엌 어
> 디서든 하루 24시간 내내 일 할래요 . . . 해야 한다면 등에
> 아이를 들쳐 업고 미국에 있는 마루란 마루는 다 문지르고,
> 해야 한다면 미국에 있는 시트란 시트는 몽땅 다 빨겠어요.
> 우린 이사 가야해요! 여기서 빠져나가야 해요 . . . (244)

이 외침은 이 극에 나타난 루스의 유일한 자기표현이다. 이 극 내내수동적이었던 루스의 태도를 고려해 볼 때, 이와 같은 적극적인 항변은 루스의 심경에 큰 변화가 일어났음을 의미한다. 돈에 민감한 루스는 낙태하기 위해 5달러의 돈을 선뜻 지불했을 정도로 아이를 키우며노동하는 것이 고통스럽다는 것을 잘 알고 있다. 그런 루스가 이제 아이를 들쳐 업고 어떠한 굳은 일도 마다하지 않고 돈을 더 벌어 이사하

겠다고 주장하는 것이다.

　이 루스의 항변은 우리에게 여러 가지 사실들을 알려준다. 첫째 이 말은 이사에 대한 루스의 강한 의지를 드러낸다. 클리본 파크가 아닌 다른 지역이라도, 또 그 지역의 주택 가격이 비싸더라도 루스는 악착같이 돈을 벌어서 집을 사겠다는 의지를 표명하는 것이다. 여기서 르나의 이사 포기가 흑백차별 문제에 기인하는데도 루스가 이 문제를 경제적인 문제로 전환시키는 점도 주의 깊게 살펴볼 필요가 있다. 이 것은 가정주부로서 루스가 당면한 문제가 가정 밖 흑백문제가 아니라 가정 내 억압과 경제문제라는 점을 시사한다. 또 이 말은 루스의 낙태가 새로 태어날 아이를 부양할 생계비 부족에서만 기인했던 것이 아니라는 점도 알려준다. 루스의 낙태 결심에는 자신의 뜻대로 아이를 키울 수 없고 아이에게 사적인 공간을 제공할 수 없을 경우 아이를 키우지 않겠다는 루스의 강한 의지도 한몫 했다고 볼 수 있다. 마지막으로 이 루스의 항변은 루스가 가사노동이외로 추가 노동을 할 만큼 강한 체력과 의지를 지닌 여성일 뿐만 아니라 자신이 원하는 것을 위해서는 어떤 어려운 일도 마다하지 않는 강인한 여성이라는 점도 드러낸다. 몇몇 비평가들은 낙태를 단독으로 결정할 때 루스의 강인함이 드러난다고 주장하지만(Lester 248, Mafe), 내 집을 마련하겠다고 선포할 때의 루스가 더 강인해 보인다. 집 구입의 목표를 향한 강력한 추진력이 그녀로 하여금 그 어떤 어려움도 극복하게 한다. 루스는 집이 보장해 줄 것만 같은 핵가족의 행복—시어머니의 간섭에서 벗어난 공간에서 자신만의 방식으로 자식을 키우고 남편과 사랑을 나누는 중산층 핵가족의 행복—을 절대로 놓치고 싶어 하지 않기 때문이다.

이 네 가지 사실들을 종합해 볼 때 루스는 흑백문제에 둔감하고, 자본주의 사회에서 하층민 노동자로 착취당하며 사는 것에 전혀 의문을 표하지 않으며, 흑인 전통의 확대가정 구조보다는 서구 가부장적 자본주의 체제 하의 핵가족 구조를 선망하고 있다는 점이 드러난다. 이런 점에서 루스는 매우 체제 순응적이다. 인종차별적이며, 핵가족 중심의 서구 가부장제와 자본주의 사회의 흑인 가정주부로서 가정에서 억압받고 밖에서도 청소부와 가정부의 삶을 살아야 하는데도 그녀는 그 가부장적 자본주의 체제에 기꺼이 협조하는 듯 보인다. 루스는 이 세상이 "빼앗는 자와 '빼앗긴 자'"(248)로 구성되어 있고 자신이 '빼앗긴 자'에 속했다는 것에 분노하는 월터 리가 아니다. 사실상 자신을 억압하는 체제의 변화를 위한 노력은커녕 관심조차 보이지 않는 루스에게서 한스베리가 월터 리를 통해 강조하고 싶었던 종류의 진보주의적 태도를 발견하기는 어렵다. 게다가 이사 후의 집이 루스에게 그녀가 원하던 대로의 삶을 보장해줄 수 있는지도 미지수이다. 왜냐하면 헬렌 케이사(Helene Keyssar)가 정확하게 지적했듯이, 이사 후 영거 씨네 가족의 생계를 책임 질 사람은 늙은 르나도 해고될 월터 리도 의대에 진학할 베니사도 아니며, 생활력 강한 루스일 가능성이 높기 때문이다 ("Rites and Responsibilities" 230-31). 그러나 이러한 우려들에도 불구하고, 루스가 집 마련의 기회를 통해 자신을 강하게 표현할 수 있게 되었다는 점, 억눌려 있던 욕망을 꺼내고 행복한 꿈을 꿀 수 있게 된 점은 인정해야 한다. 집 마련이 루스의 삶을 묘사하는 단어를 절망에서 행복으로 바꾸어 놓은 것은 집을 통해 루스가 경험하는 해방감을 반증한다.

3. 이념 없는 진보적 여성, 루스

루스의 입장에서 다시 이 극을 읽어보면, 월터 리가 우여곡절을 겪은 후 흑인의 자부심을 지켜내고 백인구역으로 이사하겠다고 선언하는 이 극의 주 플롯과는 전혀 다른 이야기를 만난다. 즉 억압받았던 가정주부 루스의 해방이라는 플롯을 대면한다. 물론 그 해방이 루스의 노력과 투쟁에 의거하지 않았다는 점에 문제를 제기할 수 있다. 그러나 루스가 이념에서 자유롭기 때문에 그 어떤 기준이나 지향점을 지니지 않았고, 그렇기 때문에 그녀에게는 지향할 목표나 대상이 없었다는 점을 새롭게 바라볼 필요가 있다. 즉 이념 없이 억압에서 벗어나는 현실 밀착적인 여성 루스를 재평가해야 한다. 인종주의, 가부장제, 자본주의는 각각 종류는 다르지만 어느 한쪽의 입장에서 다른 한쪽을 억압하는 이념에 기반을 둔 체제이다. 이 억압적인 인종주의, 가부장제, 자본주의 체제에 작은 변화를 꾀하고 또 그 억압에서 벗어나기 위해서 베니사는 범아프리카주의를 추종하고, 월터는 인종주의에 항거하여 위험한 백인 거주 지역으로 이사하려는 용감한 행동을 하고, 르나는 베니사를 의사로 만들고 트라비스를 안전한 곳에 살게 하기 위해 희생을 마다하지 않는 강인한 "로자 파크스"(Carter 52-53, McDonald 85 재인용)가 된다. 그런데 이념이나 가치관을 가지고 체제에 저항했던 베니사, 월터 리, 르나와 달리 루스는 체제 변화를 위해 아무 일도 하지 않은 채 억압에서 벗어난다.

이렇게 체제에 순응하면서 해방되는 것을 여성주의적 태도라고 부르기가 어려울 수 있다. 그러나 루스는 이념이나 체제가 요청하는 기준에 따라 사는 것이 아니라 현재의 삶 그 자체의 요청에 따라 충실하게 사는 여성이다. 사는 데 돈이 필요하기 때문에 열심히 일하고, 인간의 기본적 욕구인 자유와 행복을 찾기 위해 집을 열망한다. 그런데 베니사나 월터 리처럼 신념을 가지고 체제에 작은 저항을 시도하는 것만큼 루스처럼 신앙이나 이념의 '기준'과 그에 따른 '구분'과 '배제'로부터 철저하게 자유로울 수 있는 것도 '구분'과 '배제'의 체제에 항거하는 소박한 방식이 될 수 있다. 또한 루스가 무비판적으로 자본주의 사회가 흑인 하층여성에게 강요하는 힘든 노동을 감수하고 있지만, 물질적 성공만을 부추기는 미국의 자본주의와는 아주 다른 방식의 경제활동으로 이 자본주의에 한 가지 대안을 제안한다고도 해석할 수 있다. 루스의 경제관념은 돈을 인생의 목표로 삼고 물질적 성공을 남성성 획득과 동일시하는 월터 리의 경제적 태도와는 물론, 베니사를 의사로 성공시키기 위해 세제를 빌려 쓸 정도로 쪼들리는 살림에도 교육비에 투자하는 르나의 경제행위와도 구별된다. 르나의 경제행위는 베니사가 사회에서 억압받지 않고 자신을 표현하고 살 수 있게 해준다는 점에서 여성주의적 경제행위라 볼 수도 있지만, 성공을 위한 투자라는 점에서는 월터 리의 경제관과 유사하다. 여성 해방을 위한 르나의 미래 투자가 자본주의 원리에 근간을 둔 여성주의적 경제활동이라면, 기본적 의식주와 영화관람 정도의 여유를 위해서만 돈을 필요로 하는 루스의 경제행위는 이념적으로는 여성주의적이지 않아 보이지만 돈을 목표로 삼는 자본주의 작동 원리에 의문을 품게 하는 여성적 경제행위일 수 있다.

돈을 생계 수단의 기초로 여기고 인간의 기본권(생명, 행복, 자유에 대한 권리)을 지키기 위해 집을 원했던 루스가 체제 순응적인 태도로 비판받는다면, 돈을 삶의 신조로 삼았던 월터 리, 없는 살림에도 가족이 번 돈으로 개인적 생활을 즐기는 베니사, 비판 없이 사회의 문제들을 포용하고 교육에 투자하는 르나 모두 체제 순응적인 태도에서 자유로울 수 없다. 한스베리는 그 어떤 인물도 '이상적이고 단순하게' 그려내지 않았으며, 루스의 경우도 예외는 아니다. 루스는 관념적으로는 (의사가 되려는) 베니사나 (의사가 되라고 후원하는) 르나처럼 여성주의적 태도를 자의식적으로 견지하지는 않지만 그녀의 삶 자체가 여성주의적 그래서 진보적이라고 평가할 수 있다. 어쩌면 영거 씨 가족 중 루스가 생명과 자유와 행복의 기본권을 지키려는 점에서 미국 독립선언문의 진보정신을 가장 잘 계승한 인물일 수 있다.

이렇게 가정주부 루스를 진보적 여성으로 보는 시각은 한스베리가 보부아르의 『제 2의 성』(*The Second Sex*, 1949)을 재해석하는 글, 「시몬느 드 보부아르와 『제 2의 성』」("Simone de Beauvoir and *The Second Sex*.")에서 언급한 체제 순응적 가정주부에 대한 논의에 의해 뒷받침될 수 있다. 이 에세이에서 한스베리는 가정, 국가, 세계 유지의 핵심이라고 생각되는 가정주부 역할과 살림을 "고역"(137)이라고 진단하며 여성의 살림에 대해 비판적 관점을 견지한다. 그러나 한스베리는 이 비판이 가정주부인 여성에 대한 비판으로 이어져서는 안 된다는 점을 강조한다. 한스베리에 따르면, 가정주부 역할은 가부장 사회가 여성에게 강요한 역할이고, 여성들은 이 사실에 대해 무지하기 때문이다(137-41). 루스가 바로 한스베리가 논의한 억압적 체제에 대해 무지한 가정주부일 수 있다. 그러나 한스베리는 같은 글에서 이념적으로는 여성을 포함한 억압받은 자들 편에 서는 공산주의 체제 소련이 자녀양육과 피

임과 같은 일상적 여성문제들을 전혀 언급하지 않으며, 여성의 존엄성을 자유롭게 표출할 수 있는 여성의 치장을 폄하하는 현상에 대해 강력하게 비판한다(130-31). 이념국가의 한계에 대한 이러한 한스베리의 비판은 베니사의 범아프리카주의나 르나의 흑인전통과 기독교 신앙이 갖는 위험성에 대한 인식과 연결되면서, 이념 없이 개인적 자유를 찾는 루스에 대한 긍정적 평가의 문을 열어 놓는다. 한스베리가 개인적 자유를 얻고자 하는 루스를 지지할 것이라는 점은, 한스베리가 이 에세이에서 가정살림이란 인간이 생존하기 위해 꼭 필요한 것이자 또 그 이상을 할 수 있게 하는 것이라고 힘주어 말하며(138), 여성이 원하는 것은 바로 그 이상을 할 수 있는 "자유"라고 주장할 때(139) 암시된다.

이 극에 숨겨진 루스의 해방 이야기 구조를 발굴하는 데 장애가 되는 걸림돌이 또 하나 있다. 루스가 원하던 집을 마련해 준 사람이 루스의 시아버지 고 영거 씨가 시어머니께 남겨준 사망 보험금이라는 사실이 바로 그것이다.8) 이 극은 고 영거스 씨의 사망 경위에 대해서 구체적으로 언급하지 않지만 르나의 회고에 따르면 그의 사망이 그의 고된 노동에 기인한 것이 틀림없다. 그렇다면 이 보험금은 빅 월터의 노동의 대가인 셈이다. 루스의 입장에서 정리하면, 루스가 집으로 이사갈 수 있고 그곳에서 행복할 수 있다면, 그것은 시아버지의 희생적 노동덕분이다. 자식을 위해 꿈을 꾸고 그 꿈을 위해 고된 노동을 한 결과 고 영거스 씨는 자신의 세대에서는 이루지 못한 꿈을 그 다음 세

---

8) 이 극에서 이 보험금은 빅스비(C. W. E. Bigsby)가 주장하는 것처럼(61) 나쁜 결말 해결의 방식인 데우스 엑스 마키나(deus ex machina)가 아니라 이 극의 플롯에 매우 중요한 요소이다.

대에는 이루게 한 것이다. 여기서 비록 더디기는 하지만 열심히 일하면 이루어진다는 '미국의 꿈' 한 가닥이 발견되고, 이 '미국의 꿈'이 결국 루스를 비롯한 영거 씨 가족을 행복으로 이끄는 원천임이 드러난다. 자본주의와 '미국의 꿈'에 대한 한스베리의 이와 같은 보수적 태도는 이 극 전반에서 발견되는 것으로서 급진적인 한스베리 평가에 문제를 제기하는 부분임에 틀림없다.

4. 이중적 혹은 복합적인 루스

이 글은 리치가 제안한 "이상적이지 않고, 단순화되지 않은" 페미니스트 로런 한스베리를 찾아내는 일을 그 목적으로 삼고, 이 극에서 가장 미미한 존재인 가정주부 루스의 입장에서 이 극의 주요한 관심사인 돈과 집의 제 문제들을 살펴보았다. 그리고 가정주부 루스가 보여주는 생활밀착형 경제활동이 돈을 유일한 가치 척도로 삼는 자본주의 경제활동에 대한 하나의 대안이 될 수 있으며, 루스가 생각하는 개인의 사적 공간으로서의 집 개념이 르나의 정신적인 집 개념이나 월터의 정치적인 집 개념을 수정한다고 논의했다. 그런 가운데 이 글은 루스가 고통스러운 가정주부와 가정부 역할을 기꺼이 수행함으로써 자본주의 체계의 작동 원리를 무비판적으로 따르고 있으며, 미국 중산층 핵가족의 행복을 꿈꿈으로써 가부장제를 지지한다는 문제점도 들여다보았다. 루스의 경제적 행위와 집 개념에 얽힌 이와 같은 복잡성을 직시함으로써 이 글은 "이상적이지 않고, 단순화되지 않은" 루스를 드러내고, 이로써 리치가 요청했던 "이상적이지 않고, 단순화되지 않은" 여성주의적 한스베리 찾기 과업의 단초를 마련하고자 했다.

돈과 집에 대한 루스의 태도에서 발견된 복잡한 양상들은 르나나 베니사에게서도 얼마든지 발견될 수 있다. 가난한 새언니와 오빠가 어렵게 번 돈으로 개인 취미 활동을 하는 베니사와 범아프리카주의를 신봉하며 의사가 되려는 베니사 사이의 괴리나 강한 자기 목소리를 내고 여성 교육에 투자하는 르나와 남편 고 영거 씨를 존경하고 아들 월터와 며느리 루스 일에 끼어드는 르나 사이의 간극은 한스베리의 복잡성이 루스에게서만 드러나는 것이 아니라는 것을 알려준다. 또한 한스베리가 여성 인물들뿐만 아니라 남성 인물들도 이상적이고 단순하게 그려내지 않았다는 것은 돈을 추종했지만 흑인으로서의 목소리를 내게 되는 월터 리나 아프리카 식민지 문제에서는 진보적이지만 베니사에게는 가부장적인 아사가이에게서도 드러난다. 루스뿐만 아니라 다른 인물들에게도 숨겨져 있는 이와 같은 복잡성의 조각들을 발견하여 상호 연결시킬 때 "이상적이지 않고, 단순화되지 않은" 페미니스트 한스베리라는 한 장의 큰 그림이 완성될 수 있을 것이다.

참고문헌

1차 자료

한스베리, 로런. 『태양 속의 건포도』*A Raisin in the Sun*. 현대영미 드라마학회 영한대역 4. 박정근 옮김. 도서출판 동인, 1998.

2차 자료

Bernstein, Robin. "Inventing a Fishbowl: White Supremacy and the Critical Reception of Lorraine Hansberry's *A Raisin in the Sun*." *Modern Drama* 42 (1999): 16-27.

Bigsby, C. W. E. "Hansberry Depicts the Struggle of an Emasculated Male Hero." *Wiener* 56-64.

Brater, Enoch. *Feminine Focus: The New Women Playwriters*. Oxford UP, 1989.

Carter, Steven A. *Hansberry's Drama: Commitment amid Complexity*. 1991. Meridian, 1993.

Case, Sue-Ellen, ed. *Performing Feminisms: Feminist Critical Theory and Theatre*. Johns Hopkins UP, 1990.

Fisher, Jerily, and Ellen S. Silber, eds. *Women in Literature: Reading through the Lens of Gender*. Greenwood, 2003.

Ghani, Hanna Khalief. "I was Born Black and Female: A Womanist Reading of Lorraine Hansberry's *A Raisin in the Sun*." *Theory and Practice in Language Studies* (Finland) 1 (2001):1295-1303.

Guy-Sheftall, Beverly, ed. *Words of Fire: An Anthology of African-American Feminist Thought*. The New P, 1995.

Hansberry, Lorraine. "Simone de Beauvoir and *The Second Sex*: An American Commentary." Guy-Sheftall 128-42.

_____. "Willie Loman, Walter Younger, and He Who Must Live." *Jarrett* 601-05.

Harris, Trudier. "*A Raisin in the Sun*: The Strong Black Woman as Acceptable Tyrant." *Saints, Sinners, Saviors: Strong Black Women in African American Literature*. Palgrave, 2001. 21-39.

Jarrett, Gene Andrew, ed. *The Wiley Blackwell Anthology of African American Literature Vol. 2: 1920 to the Present*. Wiley Blackwell, 2014.

Keyssar, Helene. *Feminist Theatre: Introduction to Plays of Contemporary British and American Dramatists*. Palgrave, 1984.

_____. "Rites and Responsibilities: the Drama of Black American Women." Brater 226-40.

Koloze, Jeff J. "We a People Who Give Children Life: Pedagogic Concerns of the Aborted Abortion in Lorraine Hansberry's *A Raisin in the Sun*." 13 Jul. 2014. ⟨http://222.lifeissues.net/writers/kol/kol_08raisininthesun.html⟩.

Lester, Neal A. "Seasoned with Quiet Strength: Black Womanhood in Lorraine Hansberry's *A Raisin in the Sun*." Fisher & Silber 246-49.

Mafe, Diana Adesola. "Black Women on Broadway: the Duality of Lorraine Hansberry's *A Raisin in the Sun* and Ntozake Shange's *For Colored Girls*." *American Drama* 15.2(2006): 20-47.

Matthews, Kristin L. "The Politics of 'Home' in Lorraine Hansberry's *A Raisin in the Sun*." *Modern Drama* 51 (2008): 556-78.

McDonald, Kathlene, *Feminism, the Left, and the Postwar Literary Culture*. UP of Mississippi, 2012.

Murphy, Brenda, ed. *The Cambridge Companion to American Women Playwrights*. Cambrige UP, 1999.

Norris, Bruce. *Clybourne Park*. Faber & Faber, 2011.

Olauson, Judith. *The American Woman Playwright: A View of Criticism and Characterization*. Whitson, 1981.

Remnant, Mary, ed. *Plays by Women Vol. 5*. Methuen, 1986.

Rich, Adrienne. "The Problem of Lorraine Hansberry." *Lorraine Hansberry: Art of*

Thunder, Vision of Light. Special Issue of Freedomways 19.4 (1979): 247-55. Rpt. *Blood, Bread, and Poetry: Selected Prose 1979-1985.* Norton, 1986. 11-22.

Rich, Frnak. "*A Raisin in the Sun*, the 25th Anniversary." *New York Times.* 5 October 1983.

Showalter, Elaine. *A Jury of Her Peers: American Women Writers from Anne Bradsteet to Annie Proulx.* Alfred A. Knopf, 2009.

Wiener, Gary, ed. *Gender in Lorraine Hansberry's* A Raisin in the Sun. Social Issues in Literature. Greenhaven, 2011.

Wilkerson, Margaret B. "Lorraine Hansberry: The Complete Feminist." *Lorraine Hansberry: Art of Thunder, Vision of Light. Special Issue of Freedomways* 19.4 (1979): 235-45.

_____. "*A Raisin in the Sun*; Anniversary of an American Classic." *Theatre Journal* 38 (1986): 441-52. Rpt. Case 119-30.

_____. "From Harlem to Broadway: African American Women Playwrights at Mid-Century." Murphy 134-52.

이희원

이화여자대학교 영어영문학과를 졸업하고 미국 아이오와대학교에서 석사학위를, 텍사스 A&M 대학교에서 박사학위를 받았다. 서울과학기술대학교 영어영문학과 교수로 셰익스피어와 영미드라마를 가르치며 연구해왔다.

최근 논문으로 「성공한 '나쁜' 여자—영화 〈오필리아〉의 오필리아 재현」[*Shakespeare Review* 58 (2022): 27-58;『우리 안의 나쁜 여자』(공저, 이화여자대학교출판문화원, 2022)에 재수록이 있으며, 최근 역서로 휴즈 먼즈의『창조의 힘』(소명출판사, 2022)의 발간을 앞두고 있다.

영미 드라마 속 '보통' 여자들: 도전과 타협의 이중주

초판 1쇄 발행일 2022년 7월 15일
이희원 지음

발 행 인 이성모
발 행 처 도서출판 동인(등록 제1-1599호 | 02-765-7145 | 서울 종로구 혜화로3길 5 118호)
홈페이지 www.donginbook.co.kr
이 메 일 dongin60@chol.com
I S B N 978-89-5506-865-8
정   가 15,000원

※ 잘못 만들어진 책은 바꿔 드립니다.